마흔다섯 미선 씨

마흔다섯 미선 씨

윤이재 소설

꿈의지도

프롤로그

—

　이것은, 아무것도 아닌 내가 아무것도 아닌 당신을 기억하는 방식이다. 아무것도 아니었던 우리들을 잊지 않기 위한 나의 의례다. 가장 작고 보잘 것 없는.

　무엇이라도 해야 한다면 가장 오래 남을 수 있는 방식이어야 했다. 이야기야말로 어쩌면 가장 나중까지 남을 것이기에, 듬성듬성 성긴 이야기를 내려놓지 못하고 서툴게 한 올씩 이었다. 비록 아무것도 아닌 소설 나부랭이 하나라 할지라도 누군가 이 이야기를 통해 수많은 미선 씨들을 한 번쯤이라도 떠올린다면 그것으로 충분하다. 당신도 살고 있군요, 나처럼! 반가운 아는 척 한 번으로도 충분했다. 그래준다면 아무것도 아닌 어쩌면 먼지만큼 가벼운 삶이라도, 정녕 아무것도 아닌 것은 아니었다고 믿게 될 것이다.

흔하디흔한 나무 한 그루에도 거칠고 깊은 뿌리가 숨어 있다. 눈에는 다 보이지 않아도 흙을 부여잡고 버티는 뿌리의 몸부림이 있다. 매일매일 펼쳐지는 고군분투가 있다. 계절이 바뀔 때마다 수없이 가지를 처내도, 잎사귀가 다 말라 떨구어져도, 나무는 함부로 쓰러지거나 죽지 않는다. 살아야 한다고 외치는 뿌리가 있는 한 처음 난 그 자리에서 버틴다. 백 년이고 천 년이고 살아서 버틴 나무는 어떤 마음일까?

당신, 그 세월을 어떻게 살았냐고 물으면 나무는 어떤 답을 내놓을까? 죽지 않았으므로 그저 살았다 싱겁게 말하더라도, 나무가 오래 버텨낸 세월은 모두에게 이로웠다고, 고맙다는 인사를 전하고 싶다.

한겨울의 맹추위 속으로 저벅저벅 걸어들어 가는 지금 여기. 계절은 겁도 없고 배려도 없고 눈곱만큼의 봐주기도 없다. 얄짤없다. 그러나 아무리 춥고 긴 겨울이어도 봄을 못 이긴다. 질긴 봄. 미선 씨는 그 봄이다. 기어코 오고야 마는.

목차

운수 좋은 날

이상했다. 그날은 아침부터 뭔가 이상했다. 멀쩡한 컵을 식탁에서 탈싹 떨어뜨려 깼고, 싱크대 문 모서리에 이마를 찧어 살짝 피가 났다. 아이들 학교 보내 놓고 뒷정리를 하며 잠시 믹스커피 한 잔을 마시려다가 괜히 커피포트의 뜨거운 김에 팔뚝을 데이기까지 했다.

"앗 뜨거! 오늘 수난이네, 수난! 대체 무슨 액땜이냐?"

미선 씨는 연고를 찾아 붉어진 상처에 대충 발랐다. 그때 마침 전화가 온 것이다. 유난히 크고 갑작스런 진동을 울려대면서.

"오미선 작가님! 잘 지내셨어요? 요즘 많이 바쁘세요?"

출판사 박 과장이었다. 조금 과장하면 백만 년 만에 듣는 목소리인데도 바로 어제 통화했던 것처럼 익숙하고 정겨웠다. 일러스트 청탁 전화였기 때문에 더 반갑고 정겨웠던 것일까? 박 과장은 영어 교과서의 본문 일러스트 작업을 요청해 왔다.

"없는 집에 소 들어왔네!"

미선 씨는 냉큼 일을 하겠다고 말했다. 박 과장은 오랜만에 얼굴도 볼 겸 오늘 당장 만나서 계약서를 쓰자고 했다.

"아, 노스탤지어? 거기 그런 데가 있어요? 그럼, 그럼! 내가 그쪽으로 가면 되지. 그럼요. 몇 시에 뵐까요? 오케이. 그럼 이따가 제가 시간 맞춰 그리로 찾아갈게요. 네. 감사합니다."

미선 씨의 목소리 톤이 갑자기 높아졌다. 박 과장의 전화 한 통에 짜증과 불길함이 기대와 안심으로 바뀌었다. 콧노래까지 흥얼흥얼 흘러나왔다.

"오늘 액땜 제대로 한 덕인가? 아니, 웬일로 갑자기 박 과장이 나한테 교과서 일을 다 준대? 그거 웬만해선 내 차례까지 오기 힘들 텐데…. 뭐, 사정이야 어쨌든 나야 잘됐지! 후후! 큰

건 하나 생겼네. 근데 도대체 노스탤지어가 어디야?"

미선 씨는 한참동안 스마트폰 지도를 들여다보며 약속 장
소의 위치를 확인했다. 그리고 서둘러 외출 준비를 시작했다.

버스를 두 번이나 갈아타고 미선 씨가 내린 곳은 주택가
의 후미진 골목길이었다.

"아니, 이런 데 무슨 멋진 카페가 있나? 진짜 노스탤지어
가 맞나?"

한참을 걸었는데도 아까 박 과장이 말해 준 그런 건물은
보이지 않았다. 길을 잘못 든 것이 아닐까? 미선 씨는 불안해
지기 시작했다.

"아무래도 멋진 카페 나올 분위기가 아닌데? 아휴, 날씨
는 또 왜 이렇게 덥냐. 괜히 멋 부린다고 오버해서 하이힐까지
신어 재끼고. 내가 미쳤지. 발모가지 부러지겠네."

미선 씨는 당장 힐을 벗어 내던지고 싶은 걸 가까스로 참
았다. 이미 등짝에서는 땀이 또르르 흘러내렸다. 낡은 빌라의
마당 한가운데 서 있는 커다란 느티나무 밑에서, 미선 씨는 잠

시 숨을 돌렸다.

"정류장에서 조금만 걸으면 된다더니, 이거 조금이 아닌데? 에고야! 돈 좀 벌려다가 사람 잡겠구나. 분명히 여기가 맞는데, 어휴. 더워. 내가 잘못 왔나?"

미선 씨는 여기가 저기 같고, 저기가 여기 같은 골목길을 미로처럼 헤맸다. 길은 다시 언덕으로 이어졌다. 사우나 한증막에 들어앉은 것 같은 날씨에, 발가락은 찢어질 듯이 아팠다. 미선 씨는 할 수 없이 눈앞에 보이는 작은 편의점에 들어갔다. 에어컨에서 얼음 바람이 숭숭 나오는 편의점 안은 천국이었다. 시원한 생수를 한 잔 들이켜자 겨우 정신이 좀 들었다.

"저기요. 노스탤지어라고 카페가 여기 어디 있다던데, 어딘지 아세요?"

"저쪽 언덕길 끝까지 올라가셔서 두 시 방향을 쳐다보면요. 4층짜리 흰색 건물이 보일 거예요. 그곳 옥상에 노스탤지어가 있어요."

편의점 직원은 무뚝뚝한 표정이었으나, 정확하고 분명하

게 길을 알려주었다. 미선 씨는 천국 같은 가게를 나와, 다시 푹푹 찌는 골목길 위에 섰다. 그리고 언덕길 쪽으로 다시 삐딱 삐딱 걷기 시작했다. 편의점에서부터 십 분 정도를 더 걸어 올라갔다. 십 분이 열 시간처럼 여겨졌다. 미선 씨는 도저히 못 걷겠어서 한 발씩 번갈아가며 신발을 벗었다. '아이고, 발이야.' 신음소리가 절로 터져 나왔다. 미선 씨는 구부정하게 서서 퉁퉁 부은 발을 주물렀다. 그리고는 다시 들어가지 않을 것 같은 하이힐 속에 발을 간신히 욱여넣고 조금 더 걸었다. 급한 성격에 하마터면 짜증 섞인 욕이 한 마디 튀어나오려는 순간, 언덕길 끄트머리에서 드디어 4층짜리 흰색 건물이 나타났다. 다행히 아직 약속 시간 전이었다. 그런데 카페가 있는 옥상으로 올라가려고 하자 건물에 엘리베이터가 없었다.

"아, 진짜. 뭐냐!"

미선 씨는 거의 비명처럼 혼자 소리를 질렀다. 그러나 어쩌겠는가. 돌아갈 수도, 주저앉을 수도 없는 일. 하는 수 없이 또 남은 계단을 낑낑 걸어 올라갈 수밖에.

"일이고 뭐고 때려치우고 확 가 버릴까 보다. 아니, 왜 엘리베이터를 안 만들어? 장난해? 여길 어떻게 오르락내리락 하란 거냐고! 아이고야. 못 해 먹겠네, 진짜!"

미선 씨는 늘 혼잣말이 많았다. 텔레비전을 보면서도, 이렇게 짜증이 날 때도, 누구한테 뭐가 서운할 때도 그냥 듣는 사람도 없는 말을 혼자 구시렁구시렁 쏟아냈다. 그렇게라도 하지 않으면 속엣말들이 서로 뒤엉켜 탈이 나고 만다.

"힐 신고 두 번만 더 걸었다가는 일이고 돈이고 목숨부터 내놓게 생겼어."

혼자 중얼중얼 떠들며, 혁혁 숨을 몰아쉬며, 미선 씨는 겨우 옥상까지 올랐다. 멀리서 박 과장이 반갑게 손을 흔들어 주었다. 미선 씨는 박 과장 쪽으로 다가가 라탄 그네의자 위로 거의 무너지듯 주저앉았다.

"박 과장님, 대체 뭐야? 나한테 왜 이래? 아니, 뭐 이런 데서 만나쟤? 에어컨 빵빵하게 나오는 데 다 놔두고. 나 골탕 먹이려고 작정했지? 이게 무슨 노스탤지어야? 이름 바꾸라 그래."

미선 씨는 농담 반 진담 반으로 버럭버럭 소리를 질러댔다. 천성이 밝은 박 과장은 버럭거리는 미선 씨를 앞에 두고도 생긋생긋 웃으며 자신의 얼음물을 얼른 내밀었다.

"아니 아니, 작가님! 하필 왜 오늘따라 높은 신발까지 신으시고. 하하, 예쁘시긴 한데 너무 고생하셨겠어요. 어쩌죠? 죄송해서. 찾아오시느라 많이 힘드셨어요? 전 이쪽을 잘 아시는 줄 알고. 사무실에서 맨날 에어컨 바람 쐬는 게 지겨워서…. 전 자연바람이 좋더라고요. 작가님도 에어컨 바람 싫다고 하셨던 게 생각나서 여기가 좋겠다 했죠. 여기가 여름에는 최고거든요."

"고통이 최고였어요. 후후, 여하튼. 노스탤지어의 어원이 '잃어버린 것의 고통'이라던데, 여기 오늘 저한테 이름 값했네요. 옥상까지 엘리베이터 없이 올라오는 건 힐 신은 여자에게 너무나 큰 고통이에요."

"에고. 진짜 노스탤지어가 잘못했네요! 제가 대신 사과드릴게요."

"오늘 사람 하나 잡을 뻔했다는 것만 알아요! 날씨는 또 왜 이렇게 더워?"

두 사람은 오랜만에 만난 친구처럼 허물없이 웃으며 이야기를 나누었다. 가쁜 숨을 몰아쉬던 미선 씨는 박 과장의 물한 컵을 벌컥벌컥 다 마시고, 크게 숨을 한 번 내쉬었다. 그런후에야 눈을 돌려 주위를 둘러봤다.

"여기 정말 끝내주지 않아요?"

동글동글 귀염성 많은 박 과장은 더 어려진 얼굴로 신이나서 되물었다.

노스텔지어 카페의 하늘정원은 정말 끝내주게 예뻤다. 이꼭대기에 이렇게 멋진 곳이 있다는 게 믿어지지 않았다. 나무그늘에서는 시원한 바람이 불어왔다.

"그러게요. 걸어 올라올 때는 바람 한 점 없이 뙤약볕이었는데 여기는 어떻게 바람이 불죠? 그리고 아니 저 산이 대체언제부터 이 도시에 있었던 거지? 완전히 딴 동네 같아."

"아참, 뭐 시원한 것 좀 드세요. 오늘 뵈니까 작가님 진짜우아하고 아름다워 보이세요! 오늘 만큼은 멋지고 근사한 걸로 한 잔 하세요."

"근사는 무슨! 뭐든 아무거나 시원한 거 한 잔이면 됐죠."

기운이 쏙 빠지도록 힘겹게 찾아온 곳. '노스탤지어'에서 미선 씨는 오랜만에 눈을 쉬고, 마음을 쉬었다. 오랜 친구처럼 편한 박 과장을 만나 일 이야기도 하고, 아이들 키우는 이야기도 했다. 미선 씨보다 나이는 한참 어렸지만 박 과장도 아들 둘을 키우는 엄마였다. 우리가 처음 만난 게 언제였더라…. 벌써 십여 년 가까이나 지난 옛날이야기까지 꺼내며 두 사람은 연방 깔깔 웃었다. 그렇게 몇 시간이 흘렀을까?

　"어쨌든 이번 일 나한테 맡겨줘서 박 과장님한테 너무 고맙고. 일을 계속할 수 있다는 게 난 너무 감사할 뿐이에요. 마음에 드시도록 열심히 해 봐야지."

　믿기지 않는 곳에서, 믿기지 않을 만큼 긴 오후의 햇살이 뉘엿뉘엿 지고 있을 때. 이제 대화를 마무리 짓고 일어나야지 할 때쯤. 바로 그때쯤이었다. 요란하게 전화 진동이 몸서리를 쳐댔던 것은.

저물지 않는 하루

"정경수 씨 배우자 되십니까?"

"네, 전데요. 누구시죠?"

미선 씨는 더 이상 말을 잇지 못했다. 머릿속이 새까맣게 암전됐다. 느닷없는 연락. 낯선 목소리. 익숙한 이름 정경수.

미선 씨는 '정경수 씨의 배우자가 맞느냐'는 한 마디에 이미 머리끝이 쭈뼛 설 만큼 불길한 전율을 느꼈다. '배우자 아닌데요. 배우자였던 건 맞지만, 지금은 아닌데요' 했어야 했으나, 그 말들은 머릿속에서 잠시 빠르게 스쳤을 뿐 발음이 되지는 못했다. 미선 씨는 자신도 모르게 덜컥 '네'라고 대답해 버렸다. 육 개월 전에 이혼한 전남편 정경수의 배우자가 맞느냐는 말에 너무도 당연한 듯이 '네, 전데요' 라고 대답할 수밖에 없었던 이유는, 그 낯선 목소리가 이미 어둡고 불길한 예측을 한 가득 머금고 있었기 때문이었다. 미선 씨는 단박에 그 낌새를 본능적으로 알아차렸고, 그 불길함에 압도당했다.

　고속버스 안에서 돌연사한 남자. 정경수로 추정되는 한 남자의 죽음. 신원을 확인하러 오라는 말. 나쁜 예감은 단 몇 초 만에 현실로 다가왔다. 어떤 한 남자의 죽음이 육 개월 전까지 남편이었으며, 십팔 년 동안 부부였던 그 정경수일 수도 있다는 말이었다. 순간 미선 씨는 똑바로 서 있을 수가 없었다. 다리는 바람 빠진 막대풍선처럼 후루룩 꼬꾸라졌다. 퉁퉁 부은 발은 땅바닥에 그대로 달라붙어 버렸다. 심장은 순간적으로 쪼그라들었고 머릿속은 텅 비어 버렸다. 파르르 떨리는 입술을 겨우 움직여 미선 씨는 우물우물 말을 뱉었다.

　"오늘 아침에 액땜은 다 했다고요. 깨지고 데이고, 피도 봤는데? 액땜 덕분에 이렇게 박 과장님 만나 좋은 일도 얻고. 오늘 난 얼마나 좋았는지 몰라. 기분 좋은 날이었다고. 근데 느닷없이 남편이 죽었다니. 그럴 리가 없잖아. 말도 안 되잖아요."

박 과장은 어금니를 꽉 깨물며 횡설수설하는 미선 씨를 끌어안았다. 그리고 카페 주인에게 슬리퍼를 빌려 미선 씨에게 신겨 주었다.

"우선 어떻게 된 건지 같이 가서 확인을 해 봐요. 아닐 수도 있잖아."

엘리베이터가 없는 카페 노스탤지어에서 발에 맞지도 않는 커다란 남자 슬리퍼를 빌려 신고 미선 씨는 구르다시피 건물 일 층으로 내려왔다. 그리고는 큰길까지 한참을 걸어 나와 쉽게 잡히지 않는 택시를 잡기 위해 또 몇 십 분을 서서 손을 흔들어댔다. 한참만에야 두 사람은 겨우 택시 한 대를 얻어 탔다.

"나랑 같이 가요. 같이 타고 가. 혼자 못 보내겠어요."

박 과장은 무조건 택시 뒷좌석으로 미선 씨를 밀어 넣고 자신도 따라 탔다. 영화라면 불길한 다음 씬을 암시할 만한 장면 전환용 효과음이 깔릴 것만 같은 순간이었다. 전남편의 죽음을 마주하러 떠나는 미선 씨의 핏기 없는 얼굴이 택시 유리창에서 자꾸만 흔들렸다. 미선 씨의 퉁퉁 부은 발은 푸르스름했고, 굳은살이 박여 있었고, 뒤꿈치가 다 갈라져 있었다. 흔한 페디큐어 한 번 해보지 않은 못난 발이었다. 그런데 웬일인지 미선 씨는 누군가 자꾸만 자신의 발을 간질이듯 만지작거리는 것만 같았다.

"나 왜 이렇게 자꾸만 발이 가렵지? 발이 너무 부어서 그런가?"

미선 씨는 전남편 정경수의 죽음을 확인하러 가는 택시 안에서, 자꾸만 자신의 못난 발을 비비적댔다. 여전히 웅얼웅얼 알아듣지도 못하겠는 말들을 구시렁대며.

"내가 저 해 달라는 대로 이혼까지 해줬다고. 근데 왜? 이혼만 해주면 다 될 것처럼 매달리더니 왜 죽어? 행복하고 좋아서 미치겠어야지 왜 죽느냐고? 갑자기!"

결혼 생활 십팔 년에, 연애 오 년을 함께 했던 남자. 그러나 미선 씨는 그가 누군지를 모르겠다. 말을 섞고 살을 섞고 이십 년 가까이를 살았는데, 어쩜 이리 낯설 수가 있나. 어쩜 이리 허무하게 자신의 죽음을 알리나. 그 남자의 믿기지 않는 죽음을 맞이한 그날. 그날로부터 미선 씨의 하루하루는 미처 저물지도 못한 채 광포한 백야의 밤처럼 계속 이어졌다. 너무 긴 하루하루들이 시작된 것이다.

*입 속의 검은 잎

이곳은 처음 지나는 벌판과 황혼,

나는 한 번도 만난 적 없는 그를 생각한다

...(중략)...

그의 장례식은 거센 비바람으로 온통 번들거렸다

죽은 그를 실은 차는 참을 수 없이 느릿느릿 나아갔다

정경수는 연애 때부터 곧잘 기형도 시인의 이 시 〈입 속의 검은 잎〉을 미선 씨에게 읽어주곤 했다.

"이 시 참 좋지 않아?"

"아니야. 그 시보다 이 시가 더 좋네. 〈빈 집〉. 얼마나 슬퍼?"

둘은 빛바랜 시집 한 권을 펴 놓고 옥신각신했다. 그러다 시집에 실려 있던 시인의 모습이 정경수와 어쩐지 닮은 것만 같아, 미선 씨는 깔깔 웃기도 했다.

"자기랑 진짜 닮았어. 이 더벅머리랑 짙은 눈썹 좀 봐. 쌍둥이래도 믿겠네."

"무슨 말도 안 되는 소리야? 내가 훨씬 더 낫지."

정경수는 눈썹을 치켜뜨며 장난기 어린 표정을 짓곤 했다.

"쫌 지적으로 보이는 게 어쩐지 나랑 닮긴 했네. 눈매 봐. 섬세하고 예리해 보이잖아? 닮긴 닮았어. 인정!"

"아아, 지적인 건 취소할게. 내가 잘못 봤어. 지적이고 섬세한 건 아니지 절대! 나는 못 인정!"

짓궂은 농담에 정경수는 미선 씨의 목에 자기 팔을 두르고 주먹 쥔 손으로 미선 씨 머리를 콩콩 쥐어박는 시늉을 했다.

"나의 헤드록은 누구도 풀 수 없어. 오늘 오미선은 나한테 죽었어. 빨리 사랑해요, 해 봐. 그럼 살려 줄게."

그럴 때, 그렇게 장난칠 때. 정경수가 미선 씨를 뒤에서 안으며 놀라게 하거나 목에 팔을 둘러 헤드록을 걸 때, 그에게 서는 알싸한 풀냄새가 났다. 약간 맵기도 하고 오래 묵은 흙냄 새 같기고 하고 인적 드문 시골길에서 나는 도라지꽃 냄새 같 기도 한. 가끔씩은 성긴 대숲 한가운데를 지나서 불어오는 바 람처럼 우우 슬픈 노래를 부르던 남자. 추수가 끝난 너른 가 을 들판 위에 덩그러니 쌓아 놓은 볏짚단처럼 홀로 서 있던 그 남자에게 기대어 미선 씨는 흠흠 냄새를 맡았다. 당신 냄새 참 좋아. 미선 씨는 늘 가까이서 정경수의 냄새를 맡을 수 있다는 게 행복했다. 당신이 내 곁에 가까이 있으면 이렇게 안심이 돼. 정경수에게 기대어 그의 어깨에 코를 박고 킁킁 냄새를 맡는 건 미선 씨의 친근한 버릇이었다.

그래, 그런 날들도 있었다. 반짝반짝 강물 위의 물비늘처 럼 빛나고 탱글탱글 살 오른 아기 볼처럼 순하던 날들. 그때는 정경수도 미선 씨도 어렸고, 사랑했고, 잔잔했다. '이곳은 처음 지나는 벌판과 황혼'이었으므로, 어떤 현실이 닥쳐올지 알 수 없었다. 미처 현실을 알지 못했기에 처음 지나는 벌판에 어떤 거친 바람이 기다리고 있다 하더라도 상관없을 것만 같았다. 눈 시리도록 푸른 젊은 날의 사랑이었기에 그 뜨거움이면 충분할 줄만 알았다. 함께 있으므로 다 좋기만 했다. 그러나 때때로 인간의 상상력과 예지력이란 얼마나 빈곤하며 하찮은가. 한 치 앞도 못 보는 인간. 온갖 지식과 상상력을 동원한다 해도 삶이란 무엇인지 손톱만큼도 이해하지 못한 채 생을 마감하는 일이 부지기수. 제아무리 골백번을 들은들 산다는 게 무엇인지 차마 짐작이나 할까. 그 젊디젊은 날에. 산산이 부서지고 깨져 보기 전에는.

'참을 수 없이 느릿느릿' 흘렀던 삼일 간의 장례식 동안 미선 씨는 내내 '입 속의 검은 잎'처럼 매달려 있던 이 시를 떠올렸다. 그리고 생각했다.

'그는 누구인가.'

그는 누구이기에 이렇게 왔다가 그냥 가는가. 잘 있거라, 인사도 없이 가엾은 내 사랑은 왜 빈집에 갇혔나. 미선 씨는 묻고 또 물었다.

미선 씨와 정경수의 자식들인 정민주와 정민수는 갑작스런 아빠의 죽음 앞에서 가만히 침묵했다. 크게 소리 내서 울지도 못하고 그저 벌게진 눈으로 미선 씨의 눈치만 살폈다. 그러다가 간혹 미선 씨와 친할머니, 친할아버지가 슬픔에 겨워 흐느끼면 어느새 훌쩍 자란 몸으로 듬직하게 어른들을 번갈아가며 안아 주고 토닥토닥 등도 두드려 주었다. 의젓하고 마음이 따뜻한 아이들이었다.

"봐봐, 여보. 당신 이제 우리 민주랑 민수 못 봐서 어쩌냐? 이 아이들. 당신 아들, 딸…. 앞으로 얼마나 더 멋져질 텐데. 내가 미웠으면 나만 안 보고 살면 됐지, 왜 죽냐. 이 아이들 다 두고 어떻게 죽어. 당신이 얼마나 예뻐했던 애들인데. 바보처럼."

미선 씨는 해가 긴 여름날에 표정이 지워진 얼굴로 멍하니 앉아 또 무심히 혼잣말을 지껄였다. 너무나 갑자기 세상을 떠난, 전남편의 마지막을 지키는 전처. 미선 씨는 어떤 표정도 얼굴에 담을 수가 없었다. 웃어도 안 되고, 울어도 안 된다. 상복을 입을 수도 없고, 안 입을 수도 없는 처지. 슬퍼할 수도 없고, 안 슬퍼할 수도 없는 처지. 미선 씨는 세상에서 하나밖에 없던 남자를 그런 처지로, 그런 관계로 보내야 했다.

미선 씨는 온종일 반은 넋이 나간 채로 서성거렸다. 그러면서도 해야 할 일들을 차근차근 해냈다. 제정신이 아닌 채로 담담한 척 마음을 가다듬으며 가족들, 친척들, 친구들에게 비보를 전했고, 밖에 나가 있던 아이들에게도 급히 연락을 해서 불러들였다. 그러면서도 전혀 모르는 남처럼, 전 시댁 식구들이 달려와 미선 씨 대신 절차를 밟고 장례식장을 정할 때까지 문지방에 어정쩡히 서 있었다. 들어가지도 못하고 나가지도 못하는 죄인처럼 벌을 섰다. 무엇 하나도 뜻대로 결정을 할 수 없는 처지였으므로.

여기가 어디라고 네가 오냐고, 입찬말 잘하는 누구든 차라리 머리끄덩이 잡고 욕하고 따지면 좋으련만. 그러면 같이 싸우면서 변명이라도 할 텐데…. 누구 하나 미선 씨에게 들어와라 나가라 말을 걸지 않았다. 모두들 혼이 빠져나간 사람들처럼 멍하니 서서 훌쩍거리고만 있었다. 미선 씨는 전남편의 장례식장에서 아무것도 할 수 있는 게 없는 남이 되어 그저 어색하게 겉돌았다.

　"너 만나서 우리 아들이 이렇게 됐어. 너 때문에 되는 일이 하나도 없었어."

　"겨우 이렇게 갈라서려고 결혼했어? 우리 오빠가 바람을 폈어, 도박을 했어, 두들겨 패기를 했어? 도대체 뭣 때문에 헤어지냐고? 그깟 돈이 그렇게 좋아? 돈 때문에 남편을 버려?"

　이혼을 하기까지 그의 가족들에게 들었던 험한 말들이 화염처럼 뜨겁고 아프게 다시 밀려왔다.

　"제 속이라고 낙원은 아니네요, 어머니! 이혼하자고 한 건 제가 아니라 그 사람이에요. 이혼은 절대 안 된다고 매달렸던 나한테 그이가 얼마나 모질게 했는지 아세요? 저도 할 만큼 했어요. 이제와 억지소리 하지 마세요."

　가끔은 얼음장처럼 차갑게 대거리를 하다가 또 가끔은 부글부글 끓는 솥단지 기름처럼 위험한 말들을 들이붓기도 했다.

　"바람을 폈는지 안 폈는지 아가씨가 알아? 아가씨가 뭔데 우리 부부 일에 끼어들어요? 당신이 뭔데?"

뒤돌아 생각하면 아득하기만 했던 시간들. 미선 씨 입에서 날아갔던 불화살 같은 말들이 미선 씨 자신도 믿기지 않을 때가 많았다. 마른 장작처럼 건조하고 거친 목소리에 붙은 불같은 말들은 순식간에 옆에서 옆으로 옮겨붙으며 많은 가족들의 가슴에 화상을 입혔다. 특히 몇 해 전 뇌졸중으로 쓰러져 몸이 불편한 애들 할아버지는 모든 걸 자신 탓으로 돌리며 괴로워했다.

"다 내아(내가) 몬나어(못나서) 그애(그래). 니드이(니들이) 이러게(이렇게) 된 게 다 내 자못(잘못)이야. 그어니(그러니) 미주(민주)애비 버이지(버리지)마. 응? 버이지(버리지) 마."

늙은 노인이 웅어리진 울음을 토해내면 미선 씨는 황폐해진 마음으로 뛰쳐나와 울면서 길거리를 걸었다. 무작정 하염없이 걷던 날들이 쇠털같이 많았다. 그러나 정경수의 영정 앞에서는 그 누구도 아무런 말이 없었다.

슬픔에 겨워 몸도 가누지 못한 채 쓰러져 계시던 시어머니와 시아버지는 멀찍이 서 있는 미선 씨를 보고도 차마 한 마디도 말을 하지 못했다. 그렇게 얼마나 시간이 흘렀을까. 시댁 이모님이 대신 미선 씨에게 다가와 상복을 전해 주었다.

"질부도 상복 입어. 애들도 입히고. 어머니가 그렇게 하라셔. 얼른."

미선 씨는 미동조차 하지 않고 돌처럼 가만히 서 있다가 하는 수 없이 그것을 받아 들었다. 전남편 정경수를 위해 미선 씨가 해 줄 수 있는 건 뭔가. 뭐가 남았나. 이혼 도장으로도 끝나지 않은 인연, 죽음 앞에 마지막 남은 예의와 의리. 미선 씨는 갖추어야 할 마음가짐들이 무엇인가 한참을 서서 생각하다가 조용히 아이들을 불렀다. 장례식장 복도 끝에서 조용히 흐느끼고 있는 아이들에게 상복을 입혔다.

"아빠 가시는 마지막 길이야. 잘 보내드리자."

미선 씨 자신도 주섬주섬 검은 옷으로 갈아입었다.

밤 열두 시가 넘어가자 문상객도 차츰 뜸해졌다. 가까운 친인척들도 거의 돌아간 늦은 시간. 미선 씨는 뚫어져라 빤히 정경수의 영정 사진을 바라보았다.

"여보, 정경수 씨. 근데 기형도 시인은 왜 죽었어? 그 시인 요절했다고 했잖아. 근데 왜 죽었는지는 당신, 나한테 말 안

해줬지? 궁금하네. 기형도 시인이 왜 죽었는지도 궁금하고, 당신이 왜 죽었는지도 궁금해. 당신은 왜 죽었어? 왜 나한테 말도 없이 죽었어? 우리 이혼했으니까? 이혼해서 이제 마누라 아니니까 말 한 마디 안 하고 그렇게 간 거야? 당신 너무나 건강했잖아. 갑자기 당신 심장이 고장 날 리가 없잖아. 이상하잖아. 이건 너무 어처구니가 없잖아. 참내, 의리도 없게시리. 이혼했어도 자기랑 나랑 몇 년이냐? 이십삼 년이다, 이십삼 년. 오미선이가 청춘 다 바친 남자가 이렇게 한 마디 말도 없이 아주가기냐? 먼저 가 버리기냐?"

주절주절 혼잣말이 새어나오는 미선 씨의 입술은 바짝 메마르고 갈라져 있었다.

아들을 떠나보낸 늙고 초라한 정경수의 부모님도 먼저 곁방에 들어가 누우셨다. 자식 초상은 안 보는 거라고, 다들 집으로 가시라고 해도 두 분은 꿈쩍도 안 하셨다. 아이들에게도 잠시 눈 좀 붙이라고 이르고 미선 씨는 다시 혼자 남았다. 영정 사진 속의 정경수는 젊었고, 옅은 미소를 머금었고, 미선 씨가 잘 아는 익숙한 얼굴이었다. 그러나 최근의 정경수, 일 년

전, 육 개월 전의 정경수 얼굴은 도통 기억이 나질 않았다. 전쟁처럼 싸웠던 날들의 정경수, 사자처럼 호랑이처럼 으르렁댔던 시간들 속의 정경수, 처참히 깨지고 멍들었던 날들의 정경수는 어쩐지 기억나질 않았다. 기억 속의 시간은 한없이 더뎠음에도 손가락에 잡히는 게 없었다.

미선 씨와 정경수가 이혼한 줄도 모르는 많은 사람들이 장례식장에 다녀갔다. 육 개월이면 아직 이혼서류의 도장도 마르지 않았을 시간이라서 그런가. 생각보다 많은 사람들이 두 사람의 이혼 사실을 모르고 있었다. 그래서 다행인 건지, 불행인 건지 미선 씨는 잘 모르겠다. 도장 하나 찍기까지 잔혹하고 폭풍 같은 시간이 있었지만 그 시간조차 이제는 부질없게 느껴졌다. 그래서 미선 씨는 천연덕스럽게 태연하게 사람들을 만나고 인사했다. 사이 좋았던 남편을 떠나보내는 것처럼 전쟁 같았던 시간들은 철저히 숨긴 채. 미선 씨는 자신의 위선이 몸서리치게 싫었다.

코리안 스타일의 이혼은 왜 그렇게 징글징글할까? 안 할 말 못 할 말 서로 다 하고, 가진 거 안 가진 거 다 찢고 깨야만 왜 헤어질 수 있는 것일까. 할리우드 스타일처럼 쿨한 이혼은 이 땅에선 왜 희귀한가. 아니 어쩌면 불가능한 걸까? 파리지앵처럼 혼인계약을 끝내고 굿바이 손 흔들며 심플하게 돌아설 수는 없는 걸까? 헤어진 후에도 피를 섞어 만든 아이들을 함께 보살피며 다시 친구로 지내는 일은 정녕 우리에겐 가당치도 않은 망상일까. 그들이나 우리나 똑같이 사랑하고, 똑같이 애 낳고 키우며 살다가 하는 이혼인데, 도대체 왜 우리의 이혼은 이렇게 힘든가. 아니 잘 몰라서 그렇지, 그들도 어쩌면 헤어질 땐 별별 소리 다 하고, 구질구질 치사하고 더럽게 싸울지도 몰라. 쿨한 이혼이라는 게 어디 있겠어. 구정물 똥물 다 뒤집어쓰고 아귀다툼 끝에야 성사되는 게 이혼인 거지. 다 그렇지. 미선 씨는 가슴이 답답했다.

'이혼한 전처가 여기는 또 왜 와서 이러고 앉아 있나. 난 뭐하고 있는 건가.'

끔찍한 의문의 부호들이 미선 씨 머릿속을 쉼 없이 둥둥 떠다녔다.

정경수의 사망은 결국 다시는 얼굴 볼 일 없으리라 여겼던 시댁 식구들과 미선 씨를 재회하게 했다. 그리하여 이미 지난 일들이라 여겼던 사건들을 다시 회상하게 했다. 습관은 몸에 배는 거라 쉽게 버리지 못하는 걸까. 육 개월이라는 시간은 이십 년 가까이 가족으로 살던 사람들을 자연스럽게 떨어뜨려 놓기에는 턱없이 부족한 시간이었던 셈일까. 미선 씨는 며느리도 아니면서, 며느리가 아닐 수도 없는 처지에서 끝까지 며느리 노릇을 했다. 정경수란 남자의 아내 노릇도 무사히 치렀다. 헤어졌다고 다 헤어진 게 아니었는지, 남은 관계와 책임은 또 어깨 위에 내려앉아 미선 씨는 수많은 인사와 치레들을 감당해내야만 했다. 슬픔을 딛고서.

　　너무 일찍 죽은 시인 기형도. 시인 기형도를 닮았던 남편 정경수. 정경수는 시인처럼 너무 일찍 죽어 버렸다. 두 사람은 왜 죽었나. 미선 씨는 도무지 알 길이 없었다. 정경수가 사망 당시 가지고 있었다던 가방에서는 기형도의 시집과 작은 수첩이 나왔다. 달리는 버스 안에서, 생의 마지막 순간까지 정경수는 기형도 시인의 시집을 가지고 있었다. 그가 지니고 있던 수첩에는 낯익은 그의 글씨체가 선명하게 적혀 있었다.

기형도 시인의 표현을 빌리자면, 지금도 여전히 이 땅의 날씨는 나쁘다. 흐리고 궂은 날씨 속에서 오늘도 나는 간신히 매달려 있다.

한눈에 알아볼 수 있는 정경수의 익숙한 글씨체. 미선 씨 눈에는 눈물이 그렁그렁 맺혔다. 그러나 누가 볼세라 미선 씨는 얼른 소매로 눈가를 훔쳤다.

"치! 날씨 좋기만 하네! 허세는 암튼!"

미선 씨는 눈물이 마르도록 자꾸만 멀쩡한 여름 밤하늘을 올려다봤다. 하늘엔 별도 하나 없었다. 두 사람은 이 땅의 날씨가 나빠서 죽은 걸까? 정경수는 어딘가에 간신히 매달려 있다가 느닷없이 미끄러진 걸까? 밤하늘을 아무리 올려다보아도 흠뻑 젖어 뒤엉킨 생각들은 마르지도 않았다.

(*시인 기형도의 『입 속의 검은 잎』은 문학과 지성사에서 1989년 출간된 유고시집이다.)

슈퍼요정 은희

"언니, 나 진짜 이 인간이랑 못 살겠다."

막 자려고 누웠는데, 옆 동 사는 은희에게서 전화가 왔다.

"왜 또? 무슨 일이야? 돈이야, 술이야, 여자야?"

"돈! 휴~."

"폭탄 떨어졌구나. 얼마나?"

"이천만 원. 완전 핵폭탄이야."

"지우 아빠 주식했니?"

"아니. 주식이 아니라 자기 형한테 덜컥 꿔줬어. 나한테
물어도 안 보고. 이자 이십 퍼센트 신용대출까지 받아서."

"헐! 그 사업 부도났다는 큰아주버님네?"

"엉. 지금 신용불량자라 대출도 안 된다고, 자기가 자기 명의로 신용대출 받아서 꿔줬나 봐."

"못산다, 진짜. 마누라는 단돈 이천 원도 아까워서 벌벌 떠는데! 아무리 형이라도 없으면 못 꿔주는 거지, 뭘 대출까지 받아서 꿔주냐?"

"그러니까, 내 말이. 아니 백 번 양보해서 꿔준다고 해도 나랑 상의는 해야 될 것 아니냐고. 그렇다고 그렇게 꿔준 돈으로 아주버님이 문제를 잘 해결하신 것도 아니야. 그 돈 한 번 만져도 못 보고 무슨 브로커한테 홀라당 뜯겼대. 근데도 우리 큰동서는 나한테 미안하다는 말 한 마디가 없어. 아주 당당해. 힘든 일 있을 때는 자기만 쏙쏙 빠져나가면서. 나 이번 기회에 확 도장 찍을까 봐. 못 살겠어, 정말. 어? 손님 오셨다. 이따 다시 할게!"

누군가에게 이천만 원은 하룻밤 술값이기도 하고, 누군가에게 이천만 원은 딸랑 손바닥만 한 핸드백 하나 값이기도 하다. 그러나 누군가에게 이천만 원은 지상의 한 칸 내 집 마련을 위한 전 재산이기도 하며, 또 누군가에게는 지금 당장 목숨이 걸린 생명의 돈이기도 하다. 은희에게 이천만 원은 어떤 돈일까.

스물네 시간 영업하는 감자탕집에서 저녁 여덟 시부터 다음 날 아침 일곱 시까지 꼬박 밤새워서 일하고 백이십만 원 남짓 버는 은희. '그래도 애들 저녁 먹는 거 보고 나와서 아침에 애들 학교 가기 전에 집에 가니까, 밥 차려 줄 수 있어서 최고'라던 그 일을 은희는 벌써 오 년째 해오고 있다. 그 돈으로 은희는 매달 삼십만 원씩 적금을 붓고, 아이들 학원도 보내고, 적자 난 생활비도 메우고, 부모님 용돈도 드린다.

"독하다, 독해."

주변에서는 고개를 설레설레 흔들었다. 하지만 우리의 슈퍼요정 은희는 굴하지 않았다.

"남편이 벌어오는 이백오십만 원 가지고는 단 한 푼도 모으면서 살 수가 없어요. 아, 여기서 이백오십만 원은 세전이야. 세전. 알지? 흐흐! 그러니까 차 떼고 포 떼고 다 떼고 나면 이백만 원 겨우 넘는다고. 네 식구 생활이 도저히 불가능하다고.

그러니 빚 안 지고 단돈 몇 푼이라도 모으고 살려면 안 벌 수가 없어, 내가. 애들 키우는 사람이 돈 한 푼 안 모으고 딸딸 털어먹으면서 어떻게 사냐고. 불안해서. 그러니까 내가 뭐든 닥치는 대로 일을 시작한 거야. 그러다 작은애 열한 살 때부터 감자탕집 일을 시작했지. 남들 잘 때 못 잔다는 단점이 있지만, 그래도 난 좋아. 서당개 삼 년이면 풍월을 읊고, 감자탕집 오 년이면 돼지등뼈를 우족처럼 끓여! 그래도 언니는 전문대라도 나왔지. 난 그나마도 고졸이니까 어떡해. 고학력 백수가 천지인 마당에 고졸 아줌마가 할 수 있는 멋지고 폼 나는 일이 있겠어? 그래도 이 감자탕집이 장사가 정말 잘 되는 집이니까 그나마도 꾸준히 다니는 거지. 요즘 식당 알바 자리도 꾸준히 하기가 힘들어. 경쟁이 장난 아니야. 그러니 내가 잠을 못 자는 한이 있어도 악착같이 나가지. 그 덕분에 한 달 한 달 적금 붓는 재미로 산다니까. 그게 내 희망이야."

　　그러니까 은희에게 이천만 원은 남들한테 독하다 소리 들어가며, 밤잠 못 자가며 꾸역꾸역 오 년 동안 삼십만 원씩 꼬박 붓던 적금 전액이다. 은희의 오 년 공든 탑이다. 공든 탑은

원래 한방에 고스란히 무너지라고 쌓는 건가? 한꺼번에 와르르 넘어지는 거 보자고 하나하나 정성을 다해 세우는 도미노처럼? 왜 늘 모든 공든 탑들은 여지없이 무너지고들 난린가. 배신과 뒤통수치기는 공든 탑의 속성인가? 인생의 묘미인가?

미선 씨는 자려고 누웠던 몸을 일으켜 어두컴컴한 부엌으로 나왔다. 벌컥벌컥 냉수를 들이켰다. 머릿속이 찌릿했다.

"냉수 먹고 속 차려야 할 사람은 은희 신랑이구만 왜 내가 이렇게 냉수를 원샷 해대나!"

미선 씨는 괜스레 자신의 머리를 붙잡고 흔들었다. 잠은 이미 안드로메다로 꺼져주신 지 오래였다. 잠이 달아났으면 쌓여 있는 집안일이라도 할 것이지, 미선 씨는 잠도 안 자면서 일도 하기가 싫어 괜히 멀뚱멀뚱 앉았다. 맥이 탁 풀렸다. 산다는 게 자꾸만 밑 빠진 독에 물 붓기 같아서, 미선 씨는 그저 멍했다. 은희는 어떻게 다시 저 무너진 공든 탑을 일으키나. 미선 씨는 그저 답답한 마음에 하염없이 천장만 바라보고 있었다.

그런데도 은희는 일하러 나갔구나. 공든 탑이야 무너졌건 말건, 오늘도 어김없이 감자탕집을 나갔구나. 그래, 그래야 은희지. 속이야 시커멓게 타건 말건, 더 악착같이 일해야 슈퍼요정 최은희지.

"그까짓 이천만 원, 있어도 살고 없어도 살아. 내가 진짜 열 받는 건 뭔지 알아, 언니? 그 인간이 날 믿지 않는다는 거야. 자기는, 말해 봤자 내가 동의하지 않을 걸 뻔히 알기 때문에 몰래 꿔줬다고 하지만 난 나한테 미리 상의조차 하지 않은 게 더 기분 나빠. 그런 일을 어떻게 속일 수가 있어? 가족인데. 자기 혼자 감당도 못 할 거면서. 진짜 나를 믿고 존중한다면 상의해야지. 형이 어렵다는데 외면할 수가 없다, 도와주고 싶다 솔직하게 말해야지. 그래서 내가 싫다고 거절하더라도 설득하고 부탁했어야지. 안 그래?"

암! 네 말이 맞지. 백 번 천 번 맞고말고. 미선 씨는 별다른 대답도 없이 혼자 그저 고개만 주억거리고 있었다. 그러면서도 한편으로는 계속 은희 남편인 지우 아빠의 얼굴이 불쑥불쑥 떠올랐다. 착하디착한 지우 아빠. 어쩌면 진짜 착한 게 병일 수도 있겠지. 늘 밤에 일하러 가는 은희를 안쓰럽게 생각하는 그 남자는 어려움에 빠진 자신의 형도 모른 체하기가 어려웠을 테지. 아무 도움도 될 수 없는 자신의 무능을 한없이 원망했겠지. 착해빠진 지우 아빠에게도 가족들은 공든 탑이었을 텐데. 그 이천만 원은 그 남자에게도 큰돈이었을 텐데. 이 시대 모든 관계의 불화에는 역시 징글징글하게도 돈이 숨어 있구나. 돈이 화근이구나. 돈이라는 단어에서 소태처럼 쓴맛이 나는 듯했다.

사실 은희에게 슈퍼요정이란 별명이 붙은 이유는 은희가 온 동네 슈퍼마켓을 하도 꿰뚫고 있어서다.

"미선 언니, 세제를 왜 거기서 샀어? 어제부터 큰길 마트에서 세일하는데!"

"상호 엄마야! 얼른 나와, 슈퍼 가게. 오늘 저 아랫동네 슈퍼에서 그거 세 묶음에 만 원이야."

"자기야, 나 지금 슈퍼 왔는데 자기가 찾던 거, 원 플러스 원 행사한다. 하나 사다 줄까?"

어찌나 가격 정보를 줄줄이 꿰고 있는지 은희만 따라다니면 최소한 한 달에 오만 원에서 십만 원까지 생활비를 절약할 수 있다고들 했다. 그래서 은희는 마트걸, 슈퍼요정이라 불렸다. 슈퍼우먼보다 더 센, 우리 동네 슈퍼요정. 그러나 오백 원, 천 원에 목숨 거는 은희지만 이천만 원 앞에서는 오히려 꼿꼿해질 수 있는 사람이기도 했다. 그것이 남편과 아이들을 지킬 수 있는 방법이라면, 이천만 원쯤 던질 수도 있으리라, 최은희라면! 아니, 어쩌면 위기의 순간에 이천만 원쯤 과감히 던지려고 모래알처럼 많은 날들을 안 먹고, 안 입고, 악착같이 돈을 모아온 것일지도 모르겠다.

그래, 은희야! 이미 넌 덮어주기로 맘먹었을 거야. 이천만 원도 공든 탑이다만, 가정이라는 공든 탑에 비하면 그까짓 거 껌이지. 이천만 원 때문에 이십 년 가까이 산 남편을 갈아엎을 수야 있겠니. 어차피 이천만 원 때문에 갈라설 게 아니라면 그냥 덮고 또 넘어가야지. 이 악물고 그 산을 넘어가게 될 은희에게 미선 씨는 술이나 한잔 따라주고 싶어졌다. 등이라도 한번 두드려 줘야지 싶었다. 결국 어두운 부엌에서 천장만 보던 미선 씨가 갑자기 일어나 주섬주섬 옷을 바꿔 입었다.

"최은희 씨! 나 지금 감자탕에 소주 한잔 하러 그리로 간다. 딱 기다리고 있어, 너."

부부라는 인연

　부부는 어떤 인연으로 만나는 것일까? 사랑했다가 미워
했다가, 싸웠다가 풀어졌다가, 다시는 안 살 것처럼 모진 말들
을 내뱉었다가 다시 또 봄에 언 눈 녹듯이 사르르 달콤한 말들
을 속삭이기도 하는, 그야말로 변화무쌍하고 지랄 맞은 사이.
천지간에 둘밖에 없다고 굳게 믿고 잘 걷다가도 하루아침에
세상천지 둘도 없는 원수가 되어 서로 죽일 듯이 물어뜯을 수
도 있는 관계. 깜깜하게 어두운 밤, 달도 숨어 보이지 않는 검
은 하늘을 바라보며 미선 씨는 하염없이 생각했다.
　'부부라는 이름으로 십팔 년을 살았던 너랑 나는, 무슨 인

연이었을까?'

　미선 씨는 식당에서 바쁘게 왔다 갔다 일하는 은희를 바라보며, 손님 없을 때 잠깐잠깐 앞에 와 앉는 은희를 또 바라보며, 자주 맥이 끊어지는 이야기를 나눴다. 미선 씨는 혼자 소주를 마시며 간간이 웃다가 한숨을 내쉬다가 했다. 안주도 입에 안 대고 쓴 소주를 넘겼다.

　'은희야, 네가 얼마나 악착같이 살았는지 내가 다 아는데…. 너 힘들어 어쩌니?'

　미선 씨는 이 말이 목 끝까지 올라왔지만 꿀꺽꿀꺽 삼켰다. 말하지 않았다. 입으로 뱉어 놓으면 슈퍼요정도, 미선 씨도 주책없이 눈물을 쏟을 것만 같아서, 싫었다. 그 돈이 어떤 돈인데 홀라당 날려 먹느냐고. 당사자도 아니면서 미선 씨는 분한 마음이 꾸역꾸역 솟아올랐다. 하지만 이미 벌어진 일. 신기루처럼 멀어진 일. 자꾸만 입에 올려 봐야 무슨 소용이 있겠나. 이미 엎어진 물. 그 말 속에 담긴 절망이 사무쳤다. 돌이킬 수 없다는 말에 담긴 미련과 절망이 부질없이 가슴을 콕콕 찔렀다. 누군들 돈 때문에 절망하고 싶겠나. 돈 말고 뭐 좀 다른 모양새 나는 것에 대해 절망하고 고민하면 얼마나 좋겠나.

"우리도 우주건설, 지구평화, 사회정의 뭐 이런 거창하고 뽀대 나는 거에 대해 논하면서 좀 살고 싶다고요. 우리라고 뭐 맨날 구질구질하게, 하필 그깟 돈 몇 푼 때문에 울고 짜고 이렇게 살고 싶겠어? 진짜 신물 나. 그놈에 돈!"

새벽 세 시가 넘어가자 손님도 끊겼다. 은희는 잠시 미선 씨 앞에 앉아, 시켜 놓은 감자탕의 돼지등뼈 하나를 집어 들었다. 그저 애꿎은 팔자타령만 하면서 우걱우걱 돼지뼈다귀를 뜯었다.

"내 팔자도 참 드럽네. 평생 저 인간 뒤치다꺼리하면서 머슴처럼 일만 하란 팔잔가 봐. 어쩌다 저 인간이랑 엮여가지고. 아, 옛날에 나 좋다고 따라다니던 부잣집 도련님은 어디서 뭐 하나. 내가 그 부잣집 아들한테 시집갔어야 하는데…. 눈이 삐어도 한참 삐었지."

"그게 부부 인연이야. 억겁의 시간이 쌓여서 맺어진다는!"

"아, 짜증나! 그래서 내가 이 동양스러운 가치관을 싫어해. 뭘 또 그렇게 인연에 대단한 의미들을 부여하는 거야. 이혼하기

겁나게! 서양 애들 봐. 싫으면 그냥 빠이 하잖아. 얼마나 좋아."

"야야, 너 일겁의 시간이 어떤 시간인 줄 알아? 백 년에 한 번씩 내려오는 선녀가 치맛자락을 끌며 하늘로 돌아갈 때 치맛자락이 바위를 쓸어서 그 바위가 닳고 닳는 시간이래."

"개뻥! 백 년에 한 번 치맛자락으로 바위 쓸어서 그 바위가 설마 닳을까?"

은희는 코웃음을 쳤다.

"닳는다니까. 단지 시간이 많이 걸릴 뿐이지. 과연 얼마나 걸리냐? 사십억 년, 어쩌면 오십억 년일지도 몰라. 그 시간이 바로 일겁이라는 거 아니니. 이 세상에서 길 가다가 옷깃만 스쳐도 그 개뻥 같은 일겁의 시간이 필요하다는 건데. 좋은 꼴 나쁜 꼴 죄다 보며 몸 섞고 마음 섞고 개 같은 인생을 죽도록 같이 살아야 하는 부부의 인연은 어떻겠니? 부부는 무려 팔천 겁의 시간이 빚어낸 인연이라는 거다."

"미쳐 죽겠네 진짜! 징그러, 징그러! 억겁의 인연이래도 수 틀어지면 갈라서는 거야. 인생 뭐 있어."

"그래. 팔천겁이든 억겁이든 이혼 도장 찍은 년이 부부의

연에 대해 할 말은 아니다. 그냥 그렇다고. 부부는 진짜 징그러운 인연이라고. 나 봐. 도장 찍고 나서도, 아니 이미 이 세상 사람 아닌데도 이렇게 가슴에 바윗덩이 얹힌 것 마냥 그놈 이름 석 자가 평생 나를 짓누르잖니."

은희는 정말 징그러워서 못 살겠는지 손사래를 치면서 냉큼 일어나 화장실로 쏙 들어가 버렸다. 은희가 앉았던 자리를 바라보며 미선 씨는 나직하게 노래를 흥얼거렸다.

"인연이라고 하죠~ 거부할 수가 없죠~ 내 생애 이처럼 아름다운 날 또다시 올 수 있을까~요."

이선희가 부른 인연이라는 노래를, 미선 씨는 괜히 흥얼거렸다.

"이선희는 진짜 노래를 참 잘해. 사람 마음을 드르륵 드르륵 훑어내. 인연이라고 하죠. 거부할 수가 없죠. 내 생애 이처럼 아름다운 날 또다시 올 수 있을까요."

미선 씨는 그만 눈물을 한 방울 뚝 떨구고 말았다.

"끝났다. 끝났어. 이렇게 끝날 줄은 진짜 몰랐지. 오미선 인생에는 어쩌면 다시는, 아름다운 사랑도 아름다운 봄날도 안 올지 몰라. 끝일지 몰라."

　미선 씨는 슬픔이 한가득 차올랐다. 신나게 노래를 하다가도, 별거 없이 설거지를 하다가도 문득문득 슬픔이, 휙휙 돌아가는 솜사탕 기계 속의 솜사탕처럼 커지고 부풀어 올랐다. 그러면 솜사탕 안의 딱딱한 나무젓가락처럼 슬픔의 중심에 눈물이 고이는 버릇. 정경수의 장례를 치른 후 미선 씨에게는 이 고약한 버릇이 들었다. 스물 몇 살부터 짝사랑했던 남편과 열렬히 연애하고 극적으로 결혼하고 아이 둘을 낳으며 딱 십팔 년을 살았다. 게다가 이혼하는 날까지 몇 년은 전쟁 같은 시간을 치렀다. 저나 나나 살아도 산 게 아니었던 시간들도 건넜다. 그러다 이혼 도장을 찍은 지 육 개월 만에 그는 돌연사했다. 혈압 올라 미치고 팔짝 뛰겠던 숱한 날들도 멀쩡하던 그는 왜 갑자기 죽었을까. 왜 느닷없이 달리는 버스 안에서 그의 심장은 멈춰 버린 걸까. 질기고 모진 게 인간 목숨이라던데, 그의 죽음은 어떻게 이렇게 예고도 없이 갑작스러울 수가 있을까.

꽃 시절이 다함

은희가 일하는 감자탕집을 허청허청 걸어 나와, 미선 씨는 집으로 돌아가는 중이었다.

"형수님!"

누군가 등 뒤에서 미선 씨를 불렀다. 은희의 남편 지우 아빠였다. 그도 어디선가 술을 마셨는지 꽤 취해 있었다. 미선 씨는 이천만 원에 대해서는 내색조차 안 하고 그냥 지우 아빠를 향해 가볍게 웃으며 손을 흔들었다.

"어, 지우 아빠! 한잔 하셨네요!"

"네에~ 형수님! 이 새벽에…. 형수님도 어디서 한잔 하고 오시는 길이세요?"

"호호호! 네에."

"형수님, 저요. 형수님하고 꼬옥 술 한 번 먹고 싶었어요. 저요. 형수님하고 진짜 하고 싶은 말 많아요. 우리 딱 한 잔만 더 해요. 네? 딱 한 잔만!"

미선 씨는 못 이기는 척 지우 아빠와 함께 포장마차로 들어갔다. 자리에 앉자마자 지우 아빠는 소주와 어묵탕 하나를 시키더니, 그만 와락 눈물을 쏟았다. 소주와 안주가 미처 나오기도 전에 쏟아내는 사내의 눈물. 아무리 술기운이라고 해도 그 눈물이 하도 급작스러워 미선 씨는 당황했다.

"하이고, 지우 아빠 왜 이러세요?"

"형수님, 형님 그렇게 가시고…. 저요. 마음에 맺힌 게 너무 많아요. 제가요. 사실 오늘도 형님 생각이 너무 많이 나서 한잔 한 거예요."

그래, 그랬겠지. 가까웠던 누군가의 죽음을 받아들이는 일이 어찌 쉬우랴. 당신도, 나도 그 죽음을 삼키고 삭히느라 이리 힘든 거겠지. 아무렇지도 않게 전화를 받고, 밥을 먹고, 때론 누군가를 만나 웃다가도 불현듯 솟아나는 슬픔의 덩어리들이 목에 걸려 숨이 막힐 때가 있지. 미선 씨는 아무 말도 없이 지우 아빠 앞에 놓인 빈 잔에 소주를 가득 따라 주었다.

　지우 아빠는 미선 씨의 남편 정경수와 하루가 멀다 하고 함께 술 마시고, 함께 등산을 다니던 사이였다. 몇몇 사람이 더 섞여 어울리기는 했지만, 늘 두 사람은 특별히 가까웠고 특별히 서로를 아꼈다. 둘이 어찌나 붙어 다녔든지, 미선 씨는 늘 두 남자를 보면서 '그냥 둘이 부부 하시라'고 놀려대곤 했었다. 돌이켜 보면, 아이들이 어렸을 때 그때. 애들 데리고 함께 놀러 다니고 함께 이 집 저 집에서 밥 해 먹던 그 시절이 참 좋았구나 싶었다. 어쩌면 그때가 미선 씨 인생의 꽃 시절이었구나 싶었다. 그러나 영영 다시는 돌아갈 수 없는 꽃 시절을, 꽃 시절인 줄도 모르고 지나왔다. 그때는 또 그때대로 힘겨운 것들만 보였던 거지. 그때나 지금이나 하루하루 팍팍한 살림살이는 매한가지여서 늘 돈이 없었고 치대는 어린 것들 등쌀에 몸은 고됐다. 얼른얼른 세월 가서 애들한테 놓여났으면 좋겠다는 바람만이 거머리처럼 등허리에 달라붙곤 했었다. 물고 빨고 눈에 넣어도 안 아프게 예쁘다가도, 가끔씩 크는 게 아까울 때가 있다가도, 벅차고 힘겨운 마음이 철썩철썩 휘몰아칠 때면 영영 어딘가로 숨고 싶다는 생각이 쇠꼬챙이처럼 아프게 파고드는 때가 찾아왔다. 깜깜한 터널을 지나는 것처럼, 빛이 증발해 버린 것 같던 때. 옛날처럼 아이들을 집 밖에 풀어 내놓고 키울 수라도 있나. 성냥갑같이 비좁은 집 안에서 온종일 볶아치려면 애들도 엄마도 악귀가 되기 일쑤였다. 언제나 애들한테 손이 덜 가도 되는 그런 시절이 올까 한탄하면서, 세상과 격리된 채로 드는 생각은 늘 한 가지뿐이었다.

'돈을 벌어야 하는데…. 돈을 벌어야 하는데….'

애들이 크는 걸 볼 때마다, 뭐든 게눈 감추듯 먹어치우는 아이들을 볼 때마다 돈이 무서웠다. 돈이 없으면 저 예쁜 것들을 지켜 줄 수 없겠구나, 엄마가 된 후에야 절실하게 깨달았다. 그래서 날마다 주문처럼 돈 벌어야지, 이 말을 달고 살았다. 작은애를 어린이집에 보내면서부터 뭐라도 해 보려고 기웃거리던 시절. 그래도 그때 미선 씨에게 힘이 됐던 건 마음 터놓고 지냈던 몇몇 이웃들이었다.

"민주 엄마야, 애들 우리 집으로 보내."

"자기 바쁘다며? 내가 저녁 먹여 보낼게."

"언니, 민주랑 민수 제가 놀이터에서 같이 데리고 있어요. 천천히 일보고 오세요."

짬짬이 여러 사람의 손을 빌리고 때론 손을 빌려주기도 하면서 마디게 흐르던 그 시절들을 건넜다. 그 시간 속에 은희도 있고, 은희의 남편 지우 아빠도 있다. 지나고 보니 아웅다웅 투닥투닥 별의별 일이 참 많았어도 그때가 봄날이었음을, 이제야 알겠다. 봄인 줄도 모른 채 봄을 흘려보낸 어리석음. 여름, 겨울 다 지나고서야 아, 그게 봄이었구나 되짚어 겨우 봄을 눈치채는 한심함. 꼭 십여 년 저쪽의 일들이 미선 씨는 너무나 까마득했다.

"그런데…. 형수님! 형님 갑자기 그렇게 되시기 얼마 전에 저를 찾아오셨어요. 한 달 전쯤인가…. 저한테 돈을 좀 꿔달라고 하시더라고요. 오백만 원만. 근데 그때 사실 저도 지우 엄마 모르게 돈이 좀 필요했어요. 엄청 급하게. 형수님도 아시겠지만, 저희 큰형이 부도가 나는 바람에 부모님들까지 엄청 어려워졌거든요. 그래서 제 코가 석자라…. 경수 형님 부탁을 못 들어드렸어요. 형님 성격에 남한테 아쉬운 소리 하시기 정말 힘드셨을 텐데. 얼마나 어렵게 입 떼신 건지 잘 알면서도…. 돌아가시고 나니까 그때 그 부탁 못 들어드린 게 내내 가슴에 콱 박혀 가지고…. 크흑!"

"……."

정경수는 은희 남편에게 돈을 꾸려고 했었구나. 남한테 민폐 끼치는 거, 아쉬운 소리 하는 거, 죽기보다 싫어하는 정경수가 은희 남편에게까지 돈을 꾸려고 했었구나. 하루라도 빨리 도장 찍고 이혼해서 네 몫을 챙겨 떠나라고 다그치던 정경수의 울부짖던 표정이, 그 절망으로 뒤덮였던 눈빛이 미선 씨 머릿속에 선명히 되살아났다.

"아, 그날만 생각하면 진짜 여기가 막 아파요."

지우 아빠는 자기 가슴을 쥐어뜯었다.

"진짜 속상해요. 경수 형님이랑 저랑 그날 술 엄청 마셨어요. 술 마시면서 얼마나 울었는지 몰라요. 형님도 애들이랑 형수님 보고 싶다고 많이 우셨어요. 그 형편없는 고시원에서 혼자 지내시면서 얼마나 고생하셨겠어요. 흑흑! 참 사는 게 뭔지….”

육 개월 전 이혼할 때 정경수는 월세 보증금으로 삼천만 원을 가졌다. 미선 씨는 아이들과 함께 지내야 하니까 이것저것 다 끌어모아 겨우겨우 전세 보증금 치를 칠천만 원을 마련했다. 그게 두 사람이 이십 년 가까운 세월 동안 살고, 사랑하고, 전쟁하면서 손에 쥔 전 재산이었다. 딱 일 억을 칠 대 삼으로 나눠가지고 법원 문을 나왔다. 더 이상 나눌 것도 쪼갤 것도 없는 가난한 이혼. 삼 개월의 숙려기간이 허무할 만큼 가난한 이혼은 너무나 간결하게 끝이 났다.

‘정경수는 삼천만 원으로 방을 얻지 않았구나. 고시원에 있었구나.’

미선 씨는 그 사실을 처음 알았다. 이혼 후 한 번도 정경수에게 미선 씨가 먼저 연락한 적 없었다. 방은 어디에 얻었나, 새롭게 구했다는 직장은 잘 다니나, 아픈 데는 없나, 궁금하고 묻고 싶은 게 천지였지만 이를 악 물고 참았다. 어차피 잊고 살아야 한다면 연락이 닿지 않는 게 차라리 나을지도 모른다고 생각했다. 간혹 정경수 쪽에서 아이들에게 전화를 걸어오는 거 같았지만 미선 씨는 모른 척했다. 한두 번인가 정경수가 먼저 전화를 걸어온 적은 있었지만 용건만 간단히 나누고 끊었다. 어떻게 지내는지 자세한 건 일부러 묻지 않았다. 서로 견디고 버텨야 하는 시간들이 필요하리라 생각했기 때문이었다. 그러나 그가 죽고 난 후에야 듣게 되는 행적들은 잘 떨어지지 않는 끈적끈적한 액체처럼 미선 씨의 마음 여기저기에 눌러 붙어 살갗을 따갑게 했다.

'왜 지우 아빠한테 목돈을 꾸려고 했을까? 집을 빼서 급한 돈은 다 갚았는데…. 또 남은 빚이 더 있었나? 분명히 집 얻을 보증금 삼천만 원이 있었는데 그럼 그 돈은 다 어디로 간 걸까. 더 이상 남은 빚은 없다는 말은 거짓말이었을까?'

"형편없는 고시원에서 혼자 지내시면서 얼마나 고생하셨겠어요…."

지우 아빠의 그 말이 얼음장처럼 서늘하게 미선 씨 가슴에 다가왔다. 그러나 순식간에 떠오르는 오만 가지 감정을 꾹꾹 눌러 속 깊이 묻으며 미선 씨는 얼렁뚱땅 표정을 감추었다. 지우 아빠는 여전히 눈물을 떨구며 술잔을 들이켰다. 어느새 동쪽 하늘이 훤하게 밝아오고 있었다. 어떻게 흘러갈지 알 수도 없는 또 하루의 태양이 흐릿하게 구름 사이를 비집고 나왔다.

처음 가 보는 이 길

"당장 말해! 언제부터야?"

"얼마 안 됐다고!"

"얼마 안 됐는데 벌써 그런 사진을 찍어?"

"그게 모 어때? 장난으로 그런 건데, 몰?"

"뭐, 장난? 그게 어떻게 장난이야? 어떻게 그런 장난을 쳐?"

"진짜 키스를 한 것도 아니야! 그냥 키스 각도로 사진을 찍은 것뿐이라고!"

미선 씨도 민주도 서로 질세라 악을 쓰듯이 소리를 질러

댔다. 민주 눈에서는 이미 닭똥 같은 눈물이 뚝뚝 떨어지고 있었고, 미선 씨는 왈칵 눈물이 쏟아지려는 것을 가까스로 참고 있었다. 열일곱 살 딸아이가 웬 남학생과 뽀뽀하는 사진을 스마트폰에서 우연히 보고 말았을 때, 왜 어미라는 사람은 담담히 그 순간을 넘기지 못하고 이런 후진 반응을 보이고 마는 걸까. 이런 엄마가 되고 싶지는 않았는데. 쿨하고 멋진 엄마, 남자친구 이야기도 스스럼없이 나눌 수 있는 친구 같은 엄마가 되고 싶었는데. 사진을 본 게 잘못이다. 미쳤지, 그걸 왜 봐가지고! 근데 정말, 일부러 보려고 했던 건 아니었다. 딸의 방에 잠시 뭘 가지러 들어간 참이었다. 딸이 스마트폰을 보면서 하도 낄낄대기에, "뭐냐? 왜 그래?" 그냥 툭 말을 던지면서 어깨 너머로 폰을 슬쩍 봤던 것뿐이었다.

"아무것도 아니라고!"

딸은 놀라서 허겁지겁 폰을 감추었지만 매의 눈처럼 빠른 미선 씨의 눈썰미에 이미 사진 한 장이 선명하게 포착되고 말았다. 그래도 거기서 멈췄어야 했다. 잘못 봤겠거니, 봤어도 못 본 척 알아도 모르는 척 넘겼어야 했다.

"내봐 보라고!"

결국 미선 씨는 용수철처럼 재빠르게 딸아이의 핸드폰을 확 뺏었다. 그리고 문제의 그 뽀뽀 사진을 보고 말았다.

'내가 미쳤지. 그냥 넘어갈 걸. 이걸 뭐 한다고 또 확인까지 해가지고 이 분란을 만들었나.'

순간적으로 후회의 쓰나미가 몰려왔다. 그러나 이미 엎질러진 물.

'모른다고 몰라지나? 몰랐으면 차라리 나았겠나? 언젠가는 알아졌겠지! 아니야. 이제라도 알아서 다행 아닌가?'

괜히 혼자 머릿속이 뒤엉켰다.

'울 서방'이라는 이름이 보내온 카톡 사진 한 장. 그 사진 한 장에 미선 씨는 가슴이 철커덩 내려앉았다. 미선 씨는 딸의 스마트폰을 들고 달달 떨며 물었다.

"너 이거 뭐야?"

"왜 남에 폰을 맘대로 보는데?"

딸 민주는 더 악착같이 아득바득 소리를 질러댔다. 미선 씨는 대답이든 변명이든 할 새도 주지 않고 그 떨리는 손으로 딸의 뺨을 후려쳤다.

"아!"

민주는 비명에 가까운 소리를 질렀고, 벌게진 얼굴은 금세 손가락 자국이 나면서 부어올랐다.

"뭐? 남에 폰? 울 서방? 걔가 니 서방이야? 학생들이 그러고 놀아?"

그때부터 미선 씨와 딸의 대화는 더 이상 대화가 아니었다. 서로가 서로를 할퀴고 때리는 말의 전쟁이었다. 죽일 듯이 서로에게 달려드는 엄마와 딸의 살벌한 말 풍경.

"그 따위로 살 거면 차라리 짐 싸서 나가라고!"

미선 씨는 딸의 옷가지들을 마구 집어던지며 소리쳤다. 다시는 보지 않을 것처럼, 딸을 기어이 집 밖으로 내쫓을 마음인 것처럼.

"도대체 내가 뭘 그렇게 잘못했는데?"

"뭘 잘못했는지 몰라? 그 새끼가 그렇게 좋으면 엄마 딸 하지 말고 가서 그놈이랑 살림 차리고 살아! 난 너 같은 딸 둔 적 없어. 아무 데서나, 아무 놈하고 뽀뽀하고 다니냐? 아니 그것도 모자라 그걸 또 사진까지 찍어? 네가 제정신이야?"

"뽀뽀 안 했다고! 뽀뽀하는 시늉하는 걸 내 짝꿍이 장난
으로 찍은 거야."

"뭐? 짝꿍이 장난으로? 교실에서 애들 다 있는데 뽀뽀하
는 시늉은 왜 해? 시늉을 하는 것도 잘못된 거 아니야? 학생들
이? 도대체 네가 밖에서 어떻게 행동을 하고 다녔으면 남자애
가 그런 시늉을 함부로 하냐고! 너한테! 너 걔랑 진짜 뽀뽀 안
했어? 안 했다고 엄마한테 자신 있게 말할 수 있어? 아니, 안
했다고 해도 내가 그 말을 믿을 것 같아?"

미선 씨는, '미친 년' 소리가 목 끝까지 올라오려는 걸 간
신히 참았다. 차마 그 소리까지는 말아야지, 정신없는 와중에
도 간신히 한 자락 이성의 끝을 붙잡았다. 이미 쏟아낸 모진
소리만으로도 저나 나나 생채기투성이. 미선 씨는 딸의 방문을
부술 듯이 밀어 닫고 나왔다. 허청허청 딴 방으로 걸어 들어와,
무너지듯 주저앉아 미선 씨는 울었다.

왜 이렇게 화가 나고, 속상한 걸까. 딸은, 자기 남자친구
있다고 스스럼없이 몇 번인가 말했었다. 그래, 그래서 미선 씨

는, 남자를 너무 몰라도 문제라고까지 했다. 엄마처럼 쑥맥으로 살지 말고 연애도 많이 해 보고 이별도 많이 해 보라고까지 했다. 그런데 왜 일까. 왜 이렇게 화가 날까. 믿기지가 않고, 받아들여지지가 않는 걸까. 남자친구를 사귄 게 문제인가, 뽀뽀가 문제인가, 사진을 찍은 게 문제인가. 무엇 때문에 아이를 때리기까지 한 걸까? 열일곱 살 딸아이에게 남자친구가 있다는 것은, 그들이 얼마든지 서로 손을 잡거나 입맞춤을 나누거나 잠자리를 했을 가능성도 있음을 뜻하는 말이 아닌가. 쿨한 엄마인 척 가면을 쓰고 '이성친구도 사귈 수 있는 거지' 그랬다. 그래놓고 이제와 '스킨십은 절대 안 돼' 이러는 건 얼마나 촌스럽고 어이없나. 또 그 뜨거운 나이에 그게 가능하기나 하겠나?

충분히 그럴 수 있다고, 그렇게 입 맞추고 손잡으면서 사랑을 알아가는 거라고, 왜 여유 있게 웃어 주지 못한 걸까. 편안하게 웃으면서, '그래도 사진 같은 것은 조심해. 악용될 수도 있잖아' 이렇게 한마디만 덧붙이면 좋았을 걸. 게다가 제 말대로 진짜 뽀뽀하는 척 연기한 사진일 수도 있는데. 왜 그 말을 믿어 주지 않은 걸까? 믿을 수 없었어도 믿어 주는 척이라도 했어야 하는 게 아니었나. 머릿속으로는 다 되는 것들이 왜 현실에서는 이렇게 어려울까. 왜 안 될까. 그 아이들의 풋풋한 첫사랑을, 다른 불필요한 걱정 없이 그저 따뜻하게 바라만 봐 줄 수는 없었을까?

한참을 주저앉아 울던 미선 씨는 툭툭 털고 일어나 목욕탕으로 갔다. 세면대 물을 세게 틀어 놓고 어푸어푸 소리를 내며 세수를 했다. 눈물범벅이 된 얼굴을 찬물로 씻고 나자, 빨갛게 변한 눈과 콧망울이 도드라져 보였다. 어둡게 푹 꺼진 눈 밑과 검은 기미가 올라온 광대뼈에는 미선 씨가 온 힘을 다해 뚫고 나온 세월이 그대로 얹혀 있었다. 미선 씨는 다시 슬그머니 딸의 방으로 가 봤다. 마구 집어던져 놓은 옷가지들 속에서 벌겋게 손자국이 난 뺨을 한 채로, 민주는 여전히 울고 있었다. 아이의 굽고 좁은 등. 가엾고 짠했다.

'사랑을 하는 게 죄는 아닌데. 그게 뭐라고 이렇게까지….'

그러나 미선 씨는 안쓰럽고 가여운 마음을 숨긴 채, 매운 손으로 딸 민주의 등짝을 또 세게 후려쳤다.

"이러고 쳐 울고 있다고 될 일이야? 핸드폰 내 놔! 걔 이름이 뭐야?"

미선 씨가 등짝을 세게 후려쳐도 야무지게 입을 꼭 다물고 있던 민주는 억울함이 잔뜩 묻은 목소리로 겨우 말했다.

"손정훈!"

미선 씨는 다짜고짜 '울 서방'이란 닉네임으로 저장되어 있는 손정훈에게 전화를 걸었다.

'화내지 말자, 소리 지르지 말자, 그럴 수도 있다, 있을 수 있는 일이다, 최대한 어른답게, 이성적으로 타이르자….'

통화연결음이 울리는 내내 미선 씨는 목소리를 가다듬고, 심호흡을 했다. 그때, 전화기 너머에서 나직한 사내아이의 목소리가 들렸다.

미선 씨는 최대한 침착하게 아주 잘했다. 아무리 사귀는 사이라고 하더라도 함부로 이상한 사진을 찍어서는 안 된다고, 혹시라도 누군가 장난으로 사진을 찍었다면 그 즉시 사진을 삭제하도록 해야 한다고. 뽀뽀하는 것으로 오해할 수 있는 사진들을 서로 주고받는 것은 굉장히 위험한 일이라고, 조용조용 나무랐다. 너희들은 아직 미성년자이므로 사귀더라도 적

정선은 지켜야 한다는 진부하고 고리타분한 당부와 얼굴을 보고 싶으니 언제 한번 만나자는 형식적인 말도 차분차분 전달했다. 정훈이는 다소곳하게 알겠노라고 대답했다. 그리고 우물우물 그러나 진심을 담아 죄송하다고 했다. 막상 그 아이의 목소리를 들으니, 미선 씨 마음이 훨씬 안정이 되었다. 손정훈이란 아이가 생각보다 차분하고 예의 바른 아이 같다고 느껴졌다. 간신히 전화통화를 끝낸 미선 씨는 딸아이를 흘끔 보았다. 다시는 엄마랑 말을 섞지 않겠다는 듯 앙다문 입술, 단호한 저 아이의 눈빛.

미선 씨는 어느새 다 자란 아이의 눈빛에서 아직도 가끔씩 갓난아기의 눈빛을 떠올린다. 젖을 빨며 눈을 맞추던 저 아이의 눈빛이 선명히 떠오른다. 여린 이파리처럼 작고 부드러웠던 아기 손의 말랑한 느낌도 여전히 생생하다. 젖을 빨면서도 한 손으로 미선 씨 얼굴을 만지고, 가슴을 만지고 장난을 치다가 순간순간 까르르 까르르 웃곤 하던 그 시간 속의 아기. 하루 종일 먹이고, 씻기고, 입히고, 다시 먹이고, 씻기고, 재우고…. 눈만 뜨면 반복하던 그 일상이 때론 육체와 정신을 마비시키는 것만 같다가도 엄마를 보며 웃어 주던 아기의 웃음소리와 그 달콤한 살 냄새가 좋아 또 다 잊고 하루를 살곤 했었다.

"너무 좋아, 너무 좋아."

포동포동한 아기 엉덩이에 자신의 얼굴을 파묻고 비비며 여기저기 쭈쭈쭈쭈 물고 빨았다. 품 안에 꽉 차게 쏙 들어오던 아기의 몸. 그 부피감과 무게감과 감촉까지 미선 씨는 어느 하나도 놓치지 않고 고스란히 기억하고 있다. 그러니 엄마가 자신의 아이를 객관적으로 못 보는 건 어쩌면 당연하다. 갓난아기 적의 그 눈빛과 이미 희미해져 버린 몽고반점의 위치와 색깔까지 엄마는 한 아이의 몸을 다 기억하니까. 아이가 자랐다고 그 순간들을 잊을까? 아기가 엄마를 바라보던 그 눈빛을 잊을 수 있을까? 다 커 버린 아이는 하나도 기억하지 못하는 시간들이겠지만, 엄마는 한결 같이 혼자서 그 기억을 안고 산다. 그래서 미안하다. 그래서 다 자란 아이를 객관적으로 대하지 못하고, 타인으로 존중해 주지 못하고, 어른으로 대접해 주지 못하고, 엄마의 분신인 것처럼 휘두르려 했는지도 모른다. 그래, 그래선 안 되는 거였다. 미선 씨는 잠깐 망설이다가 한 마디 내뱉고 방을 나왔다.

"엄마도 미안해. 엄마도 열일곱 살 딸은 처음 키워 봐. 네가 남자랑 처음 사랑해 보는 것처럼 엄마도 모든 게 다 처음이야. 그래서 오버했어. 미안해."

미선 씨는 딸아이를 방에 그대로 두고 집 밖으로 나왔다.

"휴~!"

깊은 한숨이 터졌다. 정말 간신히, 간신히 사과를 했다. 쿨한 엄마 코스프레가 버거웠다. 어금니를 하도 꽉 깨물었더니 턱이 다 저렸다. 대충 슬리퍼를 꿰 신고 무작정 동네 옆 둑길을 걸었다. 밤공기가 여전히 후덥지근했다.

'딸아, 있잖아. 너는 내 가슴 속에서는 찬란한 유리잔이야. 세상 어디에도 없는 맑고 투명한 유리잔. 너무 얇고 빛나서 나는 늘 두려워. 순간의 실수로 깨지면 어떡해. 모든 게 산산조각나면 어떡해. 어쩌면 너는 나의 이런 불안이 진절머리나겠지. 사사건건 너의 발목을 잡고 간섭하니까. 그러나 미안해. 나도 너를 처음 키워 봐. 난 너의 엄마지만, 사실 너를 잘 모르겠어. 너를 너무 사랑해서 미안해. 사랑하는 마음이 너무 커서 나도 참 힘겨워. 사랑하는 만큼 불안한 걸까? 가끔은 주저앉아 울고 싶어. 내가 울 때 너도 울겠지. 우리가 처음 만났을 때 우리 서로 함께 울었듯이. 네가 나처럼 살지 않기를 간절히 바라. 내 엄마도 그렇게 바랐겠지. 하지만 우리 엄마도 뜻대로 안 됐을 거야. 나도 엄마 말을 안 들었거든. 엄마의 사랑을 헤아릴 줄 몰랐거든. 그래서 더 불안한가 봐. 너도 내 말 뜻을 너무 늦게 깨달으면 어쩌나 하고….'

미선 씨는 한참을 걸으며 딸에게 전하지도 못할 말들을 혼자 읊어대다가 잠시 소리 내 엉엉 울었다. 왜 그때 갑자기 전남편 정경수가 떠오른 것일까. 분명 딸 때문에 마음이 상했던 건데 생각이 생각에 꼬리를 물다 보면 언제나 결론은 전남편 정경수에게 이르렀다. 미선 씨의 모든 원망은 언제나 정경수에게 가 있었다.

"다 두고 너 혼자 가면 다야? 이래 놓고 가면 나는 이제 혼자 어쩌라고! 대한민국 땅에서 여자 혼자 애들 키우는 게 어떤 건지 네가 알기나 해? 나 혼자 저것들 어떻게 다 뒷바라지

하라고 너 먼저 가? 어떻게 저것들 다 대학 보내고, 시집 장가
보내라고! 나 혼자 어떻게 하라고! 이혼은 했더라도 살아는 있
어야지. 세상 어딘가에서 살아는 있어야 할 거 아니야? 이혼했
어도 애들 시집 장가 갈 때 아빠라고 나타나기는 해야 할 것
아니냐고. 남남으로 갈라서긴 했어도 스무 살 될 때까지 애들
학원비라도 보태준다며? 양육비는 꼬박꼬박 보내겠다며? 애
들 등록금은 걱정 말라며? 왜 약속 안 지키는데? 왜 함부로 죽
는데? 나는 돈 없어서 저것들 사달라는 것도 하나 못 사주고
맨날 돈벌레처럼 돈돈 하면서 아등바등 하는데 너는 방 얻으
라고 준 삼천만 원은 또 홀랑 어디다 쓴 거야? 또 어디 가서
사고치고 날려 먹은 거야? 이 나쁜 놈아. 이럴 때, 이렇게 마음
이 쑥대밭일 때 하소연할 남편도 없는 난 어쩌냐고? 내 속을
네가 알기나 해? 죽으면 다야? 이 나쁜 새끼야."

　　미선 씨는 속에서 부글부글 끓어오르는 말들을 도저히
삼킬 수가 없어서 마구마구 토해 버렸다. 이렇게 혼자 소리라
도 치지 않으면 가슴 속에서 치밀어 오르는 화에 온몸을 데일
것만 같았다. 얼마나 그렇게 혼자 소리치며 울었을까. 미선 씨

는 기운이 쏙 빠져 엉거주춤 일어나 비틀비틀 다시 집으로 돌아왔다.

집 안의 불은 모두 꺼져 있고 아이들은 잠들었는지 조용했다. 미선 씨는 딸의 방으로 조심스럽게 들어갔다. 민주는 침대에 누워 머리끝까지 이불을 뒤집어쓴 채 기척도 없었다. 미선 씨는 어둠 속에 서서 살그머니 이불을 끌어내려 보았다. 민주는 아무 일도 없었다는 듯 평온한 얼굴로 잠들어 있었다. 미선 씨는 가만히 민주 얼굴을 쓰다듬었다.

"우리 딸, 많이 컸네."

그러자 잠들어 있는 줄 알았던 민주가 눈을 감은 채로 말했다.

"엄마, 그 사진 진짜 뽀뽀하는 거 아니야. 드라마 흉내 낸다고 뽀뽀 각도로 장난치는데 짝꿍이 찍어서 카톡으로 보낸 거야. 나 그렇게 이상한 짓 안 해."

"그래, 알겠어. 믿을게. 엄마가 너무 놀라서 오버했어. 우리 민주가 얼마나 엄마한테 착하고 자랑스러운 딸인데. 엄마가 그냥 다 큰 딸 키우는 게 불안하고 걱정돼서 그런 거야. 미안하다. 너무 크게 화내서."

늘 어른스러운 민주는 이번에도 엄마를 용서했다. 엄마와 딸의 싸움은 언제나 칼로 물 베기. 그래, 이번 일도 그렇게 칼로 물을 벤 듯 흔적 없이 지나가기를. 지나친 걱정은 건강에 해롭지. 잠가도 잠가도 불안까지 잠글 수는 없겠지. 미선 씨는 흩어진 마음들을 쓸어 담으며 방을 나왔다. 그리고 아들 민수 방으로 들어갔다. 싸늘해진 집안 분위기가 불편했는지, 아들 민수도 일찍 불을 끄고 침대에 누워 있었다. 미선 씨가 자는 민수를 물끄러미 쳐다보다가 막 나오려는데 민수가 미선 씨를 불렀다.

"엄마!"

"… 어? 너 아직 안 자?"

"응. 엄마, 근데…. 할머니가 지난번에 누나랑 나한테 통장을 주셨어. 아빠가 우리들 이름으로 남겨 놓으신 거래."

"뭐?"

"이거 봐. 여기…."

민수는 주섬주섬 일어나 책상 서랍에서 통장을 꺼내 왔

다. 정경수는 삼천만 원을 한 푼도 쓰지 않고 바로 민주, 민수 아이들 이름으로 각각 통장을 만들어 두었던 것이다. 미선 씨는 갑자기 뭐라 할 말이 없었다. 고맙고 감사한 마음보다 먼저 화가 났다. 등신! 하마터면 욕이 나올 뻔했다. 남한테 오백만 원 꾸러 다니지 말고, 그냥 이 돈을 헐어 쓸 것이지. 두 발 뻗고 편히 잘 방이라도 한 칸 얻을 것이지. 애들은 돈보다 아빠가 필요한데, 바보 멍청이 등신. 아니, 어머니는 애들이 그 큰돈을 어떻게 감당하라고, 통장을 덜컥 애들한테 주시나. 나한테는 말도 없이. 며느리가 이 돈 갖고 어디로 튈까 봐 걱정이 되셨나. 돈에 환장한 며느리라서?

"……."

미선 씨의 침묵이 길어졌다.

"누나가 주말에 엄마한테 말하겠다고 했는데 내가 마음이 급해서 먼저 말하는 거야. 누나가 엄마한테 자세한 이야기 한댔어."

"그래. 알았어."

"엄마는 지금도 아빠 미워? 난 자꾸 아빠가 불쌍한 생각이 들어."

미선 씨는 민수에게 다가가 가만히 아이를 끌어안았다.

"엄마도 아빠 불쌍해. 미안하고. 그런데 엄마가 힘드니까, 괜히 자꾸 아빠 탓하고 미워했던 것 같아. 너랑 누나한테 엄마 아빠 싸우는 거 많이 보여서 미안해. 너도 많이 힘들었지? 그래도 이제와 생각하니까 엄마가 아빠를 많이 사랑했었나 봐. 바보 같이 그걸 이제야 알았네. 민수도 아빠 많이 보고 싶지? 보고 싶으면 사진도 보고 엄마랑 누나한테 말도 하고 그래. 혼자 참지 말고. 눈물 나면 울고. 자꾸 참으니까 몸이 아파지더라. 참지 마, 너도. 엄마도 지금 밖에 나가서 실컷 소리 지르면서 울다 왔어. 막 소리 지르고 울었더니 야, 속이 다 시원하다. 누가 보는 거 쪽팔리면 혼자 아무도 없을 때라도 소리 질러. 자꾸 참지 말고."

중2 아들 민수는 벌써 키가 제법 자랐다. 목소리도 변성기가 지나 굵어졌다. 유난히 아빠를 좋아했던 민수에게 미선 씨는 아빠와 이혼을 했다는 말도 하지 못했다. 차마 할 수가 없었다. 그냥 아빠가 일 때문에 좀 멀리 살게 됐다고만 했었다. 그러나 눈치 빠른 민수는 모르지 않았을 것이다. 그런데도 미선 씨한테 아무것도 묻지 않았다. 왜 엄마랑 아빠는 자꾸 싸우냐고 원망하지도 않았다. 아빠를 잃은 후에는 오히려 엄마랑 누나를 자기가 지켜 줘야 한다고 어렴풋이 느끼는 것 같았다. 장을 봐 오면 덥석 무거운 짐을 미선 씨 손에서 뺏어가 들어 주고, 독서실에서 늦게 돌아오는 누나를 마중 나갈 때면 항상 따라 나왔다. 장례식장에서도 눈물을 삼키고 참는 게 역력했다. 그래서 미선 씨는 아들 민수가 자꾸 눈에 밟혔다. 딸 민주는 어려서부터 워낙 야무지고 똑 부러지고 어른스런 아이라 밖에 내놔도 별로 걱정이 안 됐지만, 민수는 달랐다. 딸보다 더 여리고 정도 많고 무른 아이였다. 아직은 아빠가 필요한 열다섯 살 사내아이. 여자들 틈에서 민수는 어쩌면 더 많이 아빠가 그리울 것이다. 미선 씨는 민수가 잠이 들 때까지 한참을 옆에 있어 주었다. 누워서 조곤조곤 함께 떠들어대던 녀석의 목소리가 스르르 잦아들 때까지 미선 씨는 오래오래 옆에서 아들의 체온을 느껴 보았다. 참 오랜만이었다. 덩치가 커졌어도 미선 씨에게는 마냥 어린애 같은 녀석이었다.

"언제 이렇게 컸니?"

미선 씨는 잠든 민수에게 나지막이 말을 걸어 보았다. 그런데 잠든 민수의 모습에서 자꾸만 정경수가 보였다. 젊은 날의 정경수. 민수는 정경수의 오똑한 콧날과 도톰하고 야무진 입매를 그대로 닮았다. 미선 씨는 민수의 얼굴을 더 보고 있을 수가 없어, 조용히 일어났다.

앞을 알고 간다면 얼마나 좋을까. 무슨 일이 닥칠지 힌트만이라도 좀 주지. 너와 내가 어떻게 이 강들을, 이 산들을 헤치고 넘을지 미리 알고 간다면 그럼 조금이나마 수월할 텐데. 그러나 우리 이 찌질한 인간들은 도무지 앞을 내다볼 재간이 없구나. 눈을 가린 채 어둠 속에서 험한 길을 걷고 있는 이 막막한 기분. 한 발만 삐끗 잘못 내디디면 낭떠러지. 한 발만 잘못 내디디면 지뢰밭. 어쩌면 인생이라는 게 시한폭탄을 끌어안고 사는 것인지도 모르겠다. 그래서 이토록 두렵고 막막한지도. 가야 할 길은 천리인데 미선 씨는 여전히 눈 가리고 어둠 속에 홀로 서 있는 것만 같았다.

"정경수! 민주 아빠! 삼천만 원으로 민주, 민수 학원비,

등록금, 결혼비용까지 한꺼번에 퉁치는 거야? 당신이 무슨 가시고기라고 이렇게 부성애를 폭발시켜? 자기 먼저 살고 봐야지. 애들이야 어떻게든 될 텐데. 삼천만 원 애들 남겨 주면 그 돈으로 아빠를 살 수 있니?"

미선 씨는 또 혼잣말을 내뱉으며 오래도록 통장을 바라보았다. 당신의 바람대로 이 돈이 씨앗이 되고 울타리가 되어 아이들을 키우고 지켜 줄 거라고, 이 돈으로 등록금도 하고, 유학도 보내고, 결혼도 시키겠노라고, 그러니 당신은 이제 아무 걱정하지 말라고, 미선 씨는 말과는 다른 마음으로 읊조렸다. 사랑하는 사람들을 지키고 싶어 몸부림쳤으나, 아무것도 지키지 못한 자의 쓸쓸한 자괴감과 회한이 고스란히 통장 하나에 담겨 있는 것만 같았다. 쉽게 잠이 오지 않을 것 같은 밤이었다.

하루치의 돌을 파는 일

석공은 종일 돌가루 먼지를 뒤집어쓴 채 돌에 문양을 새기는 데만 몰두했다. 석공의 무릎에는 단단한 굳은살이 박이었고, 그의 손은 자신이 만지는 돌덩이들처럼 딱딱하게 굳어 있었으며, 온통 상처투성이였다. 푸석푸석 메마르고 듬성듬성한 머리카락과 먼지투성이 남루한 옷은 초라하기 그지없었다. 그러나 행색과는 비교할 수 없을 정도로 그의 눈빛은 형형하게 빛났다. 돌에 문양을 새기는 것 말고는 단 한 자락의 딴 생각도 용납하지 않을 듯한 단호함, 몰입감, 그리고 진지함과 경건함. 나직나직한 목소리와 또렷한 발음을 가진 성우의 내레이

선이 화면 위로 흘러나왔지만, 미선 씨는 그 말이 하나도 귀에 들어오지 않았다. 오직 화면을 꽉 채운 고집스런 석공의 얼굴만이 눈앞을 가득 메웠다.

비록 크지 않은 텔레비전 화면 속에서 만난 늙수그레한 석공이었지만, 그에게서는 뭔가 섬뜩한 기운마저 느껴졌다. 온몸이 거칠고 단단한 돌에 다 부시고 으깨질지라도 저이는 생을 다하는 날까지 저렇게 돌을 깎고 또 깎으리라. 큰돈이 되는 것도 아니고 명예로운 일도 아니지만, 저 석공에게 돌을 깎는 일은 생을 다 바쳐야 할 숭고함이리라. 왜, 언제부터 그에게 돌을 깎는 일이 숭고한 일이 되었는지는 알 길이 없지만, 누군가 온 마음을 다하여 어떤 대상에 자신의 생을 기꺼이 바친다면 그것은 보는 이의 마음을 저절로 숙연하게 만드는 힘이 있다.

미선 씨는 화면에서 석공이 사라질 때까지 눈을 떼지 못했다. 다큐멘터리가 끝나고 자막이 올라갈 때에서야 겨우 거실 한쪽 벽에 걸린 시계를 쳐다보았다. 학교에서 보충수업을 마치고, 독서실까지 들르면 민주는 밤 열두 시는 다 되어서야 집으로 돌아올 것이다. 민수도 친구들과 독서실을 갔다가 함께 농구도 하느라 곧잘 열 시를 넘기곤 했다.

　미선 씨는 망막 속에 묻어 떠나질 않는 석공의 모습 때문에 혼자 눈을 껌뻑이면서 물을 한 잔 들이켰다. 온 힘을 다해 밥벌이를 하고, 자식을 낳아 필사적으로 길러내는 인생들. 존재 자체를 감당하기 위해 돌처럼 단단한 현실과 맞서는 모든 생들의 모습은 다 저 석공과 닮았으리라. 이 세상에 온 순간부터 인간에게 지워진 삶의 무게, 그 지난한 노고의 한 단면. 미선 씨는 쓸쓸함에 겨워 한동안 전원이 꺼진 깜깜한 화면을 응시하다가 띠링띠링 울리는 전화 소리에 퍼뜩 정신을 차렸다.

　"여보세요?"

　"……민주 어미냐? 내다."

　"어. 네. 어머니… 이 시간에 웬일이세요?"

　"애들 들어왔냐?"

　"아직 안 왔어요. 요즘 공부하느라 둘 다 좀 늦어요."

　"민주 할아버지가 많이 편찮으시다. 민주 아비 그렇게 되고 상심이 컸는지, 영 기력을 못 찾으시더니 며칠 전부터는 곡기를 넘기지 못하시는구나. 민주랑 민수가 보고 싶다고 저렇게 성화를 부리시니 어쩌냐? 애들 한 번 다녀가랠 수 있겠니?"

"……."

미선 씨는 한참 동안 말을 잇지 못했다. 그분들에게도 하나뿐인 아들 정경수는 세상 전부인 자식이었을 것이다. 평생토록 그 자식을 자랑스러워하면서, 책임을 다하면서 사셨을 것이다. 남편과의 관계가 좋을 때는 몇 번 흉보면서 넘길 수 있었던 사소한 흠도 사이가 격하게 나빠지자 모든 것이 건널 수 없는 장애물이 되었다. 각자의 의사를 존중하고, 객관적으로 상황을 판단할 수 있는 이성은 작동이 불가능해졌다. 신랄한 대결의 끝은 종종 파국까지 치닫고 말았다. 부부 당사자 둘만의 일이라면 그나마 나을 텐데, 결혼으로 맺어진 얽히고설킨 가족 관계란 한 번 꼬이면 답이 안 보였다. 백 번 양보해도 남자 쪽에서는 아들 내외의 이혼이 며느리 탓이고, 여자 쪽에서는 딸의 불행이 아무래도 사위 탓일 수밖에 없다.

"나는 네가 처음부터 마음에 들지 않았다. 우리 경수가 너 만나고 제대로 된 게 하나나 있는 줄 아니? 너는 처음 봤을 때부터 얼굴이 썩 밝은 인상이 아니었어. 젊은 애가 그렇게 그늘이 있더라. 아버지 없이 홀어머니 밑에서 자라 그런가. 웃어도 뭔가 투명하지가 않고, 애교도 없고. 난 그게 너무너무 맘에 안 들었다. 그래도 어떻게 해? 아들이 좋다니까 할 수 없이 받아들였지. 자식 이기는 부모 없다잖니. 근데 그때 더 말렸어야 했어. 끝내 그 그늘이 내 아들 인생에까지 그대로 먹구름을 씌울 줄 알았더라면. 썩 달갑지 않아서 그렇게 내심 헤어지길 바랄 때는 죽자사자 붙어 있더니, 이제와 왜, 제발 애들 놔두고 갈라서지 말라고 말릴 때는 끝끝내 이렇게 헤어지겠다는 거냐? 너만 맨날 억울한 게 아니다. 나도 진짜 억울해. 내 아들이 너 만나고, 너랑 결혼해서 억울하고 분해. 알아?"

미선 씨 가슴에 못처럼 쑤셔 박힌 말들은 빠져나가지 않고 내내 가슴팍 어딘가에 꽂혀 있었다. 이유야 어떻든 원망스럽고 미운 마음이 드셨겠지. 이해하려고 하면서도 결국 미선 씨도 시부모의 마음을 할퀴고, 피내고, 끝내는 돌이킬 수 없을 만큼 후벼 파는 말들을 뱉어내고 말았다.

"그늘이라고요? 어머니, 저 누구보다 밝은 사람이었어요. 결혼해서 없는 살림에 애들 키우고 살다 보니까 이렇게 됐어요. 큰애 낳고 너무 몸이 안 좋아서 매일 병원 다니고 힘들어 할 때, 어머니 언제 저 한번 챙겨 주신 적 있어요? 애들 한번 봐 주신 적 있어요? 맨날 아들, 아들. 아들만 챙기셨잖아요. 저도 서운한 적 많았어요. 왜 늘 모든 게 제 탓이에요? 제가 뭘 그렇게 잘못했다고요? 저도 가진 것 한 푼 없는 남자랑 결혼해서 아등바등 이 만큼 살았어요. 애들 키우고, 살림 늘리고, 시댁에도 할 만큼 하면서 살았다고요. 돌아보면 억울한 것 투성이지만 그래도 이혼은 안 된다고 제가 끝까지 매달렸어요. 자존심 다 버리고 매달렸어요. 근데 저 사람이 헤어지고 싶다는 거예요. 제가 이혼하자고 한 게 아니라고요. 저 사람이 저 혼자 살겠다고 마누라를 버린 거라고요. 상황을 똑바로 알고 나 말씀하시라고요! 네?"

독이 되고 칼이 된 말들은 봉합할 수 없는 상처를 내고야 만다. 하지만 이 세상에 정경수라는 남자가 떠나고 나자, 더 이상 미워할 것도 없고 원망할 것도 없어졌다. 미선 씨는 정경수의 죽음 이후에야 비로소 시댁 식구들과 심정적으로 남남이 된 듯했다. 시부모에 대한 원망도, 억울함도 누그러졌다. 다행이었다. 그러나 그렇다고 다시 연락하면서 지낼 수 있는 관계는 절대로 아니지 않는가? 전화를 받으면서 미선 씨는 내내 마음이 불편했다. 그래도 핏줄이라고, 애들은 여전히 할머니, 할아버지를 따르고, 그분들도 민주, 민수라면 끔찍하니까 이렇게 연락을 해오시는 건가. 이렇게 매번 애들 보내라고 자꾸 전화를 해오면 어쩌지? 다 끊어지지 않은 연결고리가 아직도 남아 있다는 건 이렇게 매 순간 몹시도 난감한 상황들을 만들어내고야 만다. 봐도 불편하고 안 봐도 불편한 어떤 관계에서 마냥 도망칠 수도 없는 노릇, 어쩌면 그게 어른 노릇이라는 허울 같았다.

'이제 더 볼 일 없을 것이다. 장례식만 끝나면 진짜 남이다. 안 보고 살 거다. 편하게 살 거다.'

미선 씨는 장례를 치르는 삼 일 내내 되뇌었다. 그런데 갑자기 다 늦은 시간에 전화를 받고 보니 미선 씨는 아차 싶었다. 손주들이 보고 싶다는 늙고 불행한 노인들. 그들과 피가 섞인 아이들이 있는 한 이 관계는 어쩌면 끝나지 않을 수도 있겠구나. 미선 씨는 후, 짧은 숨을 내쉬었다.

"네. 알겠습니다. 주말에 보낼게요."

정경수가 남긴 통장에 대해서는 단 한 마디도 묻지 않고 미선 씨는 메마른 낙엽처럼 버석버석한 목소리로 전화를 끊었다. 석공이 하루치의 돌을 새기듯 하루치의 노동을 마저 끝내기 위해 책상 앞으로 가 앉았다. 흐린 불빛 아래, 잔뜩 굽은 등을 하고 늙은 석공처럼 앉아 미선 씨는 다시 그림을 그리고 색칠을 했다. 아이들이 돌아오기 전에 한 시간만 더 하자. 책에 들어가는 그림을 그리는 미선 씨의 노동은 하루 열 시간 넘게 책상 앞에 붙어 앉아 있어야 하는 일이다. 요즘은 부쩍 눈이 침침해지고, 머리가 뭉텅뭉텅 빠지고, 앞머리에 새치가 하얗게 늘었다. 하루 열 시간 이상씩 이 낡고 좁은 책상 앞에 앉아서 보낸 시간들이 남긴 재였다. 어깨가 빠질 것처럼 아파도, 손가락이 몹시 저려도, 종아리에 쥐가 나 의자에서 꽈당 굴러떨어져도 주무르고 또 주무르면서 버텨낸 시간. 그 남루한 시간의 재.

그러나 인생은 버티는 거라고 하지 않던가. 누군가는 버스 정류장의 한 평 컨테이너 박스에 앉아 삼십 년 동안 껌을 팔며 버티고, 누군가는 비가 오나 눈이 오나 시장 입구 지저분한 가게 앞에서 쭈그리고 앉아 삶은 나물을 팔면서 사십 년을 넘게 버틴다. 껌을 팔고 나물을 팔아 하루 몇 천 원, 몇 만 원으로 자식을 키우고 입에 풀칠을 하며 인생을 버텨내는 사람들이 켜켜이 빼곡하다. 그에 비하면 미선 씨는, 그림 그리는 재주도 있고, 2년제지만 대학도 나왔다. 그러니 얼마나 축복인가. 비 맞으며 눈 맞으며 일하지 않아도 되니 얼마나 다행인가. 손바닥이 다 갈라지고 손가락뼈 마디마디가 다 뒤틀어지고 굳은살 투성이가 된 석공에 비하면, 미선 씨가 온종일 만지는 건 그나마 돌덩이나 쇠붙이가 아니어서 얼마나 다행인가. 미선 씨는 정경수의 부모님을 떠올리며, 석공을 떠올리며 그림 노동을 마무리했다. 그리고 주말에는 좋은 마음으로 아이들을 친가에 보내자, 마음을 고쳐먹었다.

마흔다섯 번째 생일

"엄마, 다녀왔습니다!"

집 안으로 들어서는 아이들의 목소리가 우렁찼다.

"야, 정민수! 이것도 들어야지. 너 먼저 들어가 버리면 어떻게 해?!"

"아, 알았다고! 누나는 문이나 좀 열어 놔. 더워 죽겠어. 엄마! 나 물 좀…! 빨리 물! 더워 죽겠어."

티격태격 우당탕탕 아이들이 들어오자, 적막하던 집안에 비로소 생기가 돌았다.

"자자, 얼른 마셔. 많이 덥지? 차 잘 탔어? 할아버지는 좀 어떠셔?"

"응응. 잘 탔지 그럼. 우리가 애야? 아, 근데 진짜 날씨 더워. 숨이 턱턱 막히는 것 같아. 할아버지는 조금 마르셨는데 그래도 괜찮으신 거 같아요. 오늘은 식사도 잘 하시더라고."

누가 어떠냐고 묻는 질문에 민주의 대답은 언제나 비슷하다. 괜찮아요. 괜찮을 거예요. 괜찮지 그럼…. 어릴 때부터 그랬다.

"민주 이거 없어도 돼?"

"응. 괜찮아."

"크게 넘어졌네. 아팠겠다."

"괜찮아. 좀 있으면 괜찮아질 거야."

"벌써 다 썼네. 하나 사야겠다."

"괜찮아요. 아직은."

늘 괜찮다고 말하는 아이. 남들은 딸내미가 참 속이 깊다고 칭찬했지만, 늘 괜찮다고 말하는 아이가 엄마로서는 마냥 좋지만은 않았다. 짠하고 안쓰럽고 미련 맞은 것 같아 가끔은 속이 타기도 했다. 그 말이 다 진실은 아니라는 것도 알았다. 그래서 미선 씨는 민주의 괜찮다는 말을 곧이곧대로 믿지 않는 버릇이 있다. 괜찮으신 것 같다는 말에도 안 괜찮으신가 보다, 많이 마르셨나 보다, 혼자 지레짐작을 했다.

"그냥 우리 보시고 좋으셔서 계속 울먹울먹하셨어. 근데 엄마. 이것부터 봐 봐. 할머니가 뭘 이렇게 많이 싸주셨어요. 엄마 갖다 드리래."

민수는 양손 가득 들고 온 물건 꾸러미들을 미선 씨에게 건넸다.

"이게 다 뭐야? 이걸 무거워서 어떻게 다 들고 왔어? 날도 더운데…."

"할머니가 택시 타고 가라고 돈 주셨는데, 내가 괜찮다고, 버스 타고 왔어. 나니까 이 무거운 걸 다 든 거야. 내가 힘이 좀 세잖아!"

아이들 친할머니는 민주와 민수가 좋아하는 인절미와 오이소박이, 과일에 여러 가지 밑반찬까지 알뜰하게 들려 보내셨다. 보따리 밑에는 흰 봉투도 하나 들어 있었다. 열어 보니 돈 십만 원이었다.

'애들하고 생일 미역국 맛있게 끓여 먹어라. 가끔 연락도 했으면 좋겠다. 미안하고 고맙다.'

정경수가 살아 있을 때도 단 한 번 받아본 적 없는 현금 봉투였다. 때때로 미선 씨 생일에 잡채를 해오시거나 소고기 한 근 사다 주는 걸로도 미선 씨는 언제나 감지덕지 과분해 했었다. 그런데 이미 가족도 아닌 전 며느리에게 어머니는 왜 돈 봉투를 보내신 걸까. 남편 없이 혼자 손주들 키우는 옛 며느리가 안쓰러우셨나. 애들 얼굴 볼 수 있게 보내준 게 고마우셨나. 메모를 보기 전까지는 잠시나마 무턱대고 감동을 받을 뻔했다. 그런데 가끔 연락했으면 좋겠다는 말에 부담이 확 커졌다. 가끔 연락하라니, 이건 뭔가? 이미 이혼한 사람인데, 이제와 미선 씨가 전 시부모와 연락하며 지낼 일은 또 뭔가? 왜 아직도 그런 걸 기대하시는 걸까? 정경수에게 남은 정을 생각하며 두 분이 돌아가실 때까지 가끔 연락해야 하는 걸까? 미선 씨는 갑갑했다.

"나더러 뭘 어쩌라고?"

마음이 불편해진 미선 씨는 불쑥 자리에서 일어났다. 그렇게 짱짱하던 분들이 점점 작아지고 초라해져 가는 모습을 보이는 것에 화가 나기도 했고, 부담스럽기도 했다.

"날씨가 이렇게 더운데 인절미는 무슨. 쉬면 어쩌려고."

괜한 타박을 하며 얼른 떡을 냉동실에 넣었다. 인절미는 정경수가 유난히 좋아했던 것이다. 인절미를 보니 정경수 얼굴이 떠올랐다. 그 남자는 어쩌면 미선 씨가 자기 엄마한테 좀 잘해 주길 바라겠지. 아이들을 할머니 댁에 더 자주 보내고, 미선 씨가 자기 부모님께 가끔 연락하며 지내길 바랄 수도 있겠지. 미선 씨에 비하면 자식 잃은 부모는 몇 배 더 힘들 거라는 생각도 미선 씨의 발목을 움켜쥐었다. 자신이 상관할 일은 아니라고 고개를 저으면서도 미선 씨는 정경수를 생각하면 자꾸 마음 한편에 연민이 생겼다. 잘 떨어지지 않는 정이 아직도 미선 씨 마음에 군데군데 달라붙어 있음을 느꼈다. 순간 그런 자신한테 화가 치밀기도 했다.

"천만에요, 어머니! 죄송하지만 연락드릴 일은 아마 없을 거예요. 전 이미 육 개월 전부터 어머니 며느리가 아니었어요. 더군다나 그이도 이제 세상에 없는 마당에 제가 왜 어머니랑 연락을 하며 지내겠어요? 며느리 노릇 안 해요. 다 잊고 새롭게 살 거예요. 민주, 민수. 지들이 가겠다면 재들은 가끔 보낼게요. 재들은 핏줄이니까. 지긋지긋하게 질긴 핏줄이니까! 그것까지 못하게 막진 않아요. 그렇지만 저는 안 해요. 아버님 돌아가셨다고 연락하셔도 저는 안 가요. 안 가고 싶어요."

미선 씨는 또 냉장고 앞에서 혼자 지껄였다.

훌러덩 웃통을 벗은 채 선풍기 앞에 앉아 있던 민수가 소리를 질렀다.

"엄마, 뭐라고? 나한테 뭐라고 그랬어?"

"아니다, 아니야. 엄마 혼잣말이야. 얼른 좀 씻어."

미선 씨는 정경수의 어머니가 보내온 돈 봉투를 서랍 깊숙이 쑥 밀어 넣어 버렸다.

"엄마, 뭐 해? 나 생리대 좀 사다 줘."

"으이구, 넌 참! 매번 꼭!"

아직도 동네 마트에 혼자 생리대 사러 가는 걸 부끄러워하는 민주는 종종 미선 씨에게 심부름을 시켰다.

"그럼 네가 이것만 다른 통에 옮겨서 냉장고에 좀 넣어."

"네. 아, 그리고 엄마? 오다가 은희 아줌마 만났는데, 엄마

잠깐 집에 들르라던데? 할 말 있다고."

"걔는 또 무슨 일이래? 아까도 통화했으면서. 알겠다."

미선 씨는 양산 하나 없이, 모자 하나 없이, 인상을 살짝
쓴 채 햇볕이 따가운 골목으로 나섰다. 그리고 민주가 부탁한
생리대를 사들고 은희네 집을 들렀다.

"최은희 씨! 날 더워죽겠는데 왜 사람을 오라 가라야?"

미선 씨가 들어서자 늘 잠이 부족한 은희는 잠깐 졸았는
지 부스스한 얼굴로 미선 씨를 맞았다.

"아, 언니 왔어? 잘 왔네. 잠깐 여기서 놀다가."

"뭐? 내가 지금 할 일이 태산인데, 대낮에 한가하게 너랑
단둘이 뭐하고 노니? 둘이서 손잡고 놀자고 들르란 거야? 심심
하면 잠이나 좀 자. 놀아도 우리 집 가서 놀아야지, 왜 여기서
노냐? 내가!"

"푸하하! 알아, 알아. 언니 바쁜 거. 그래도 잠깐 있어. 뭐
시원한 거 한 잔 줄게."

은희는 얼른 미숫가루를 시원한 물에 타서 얼음까지 동동
띄워 내밀었다.

"언니 오늘 생일이라며? 내가 뭐 딴 거 줄 건 없고, 이거나 하나 가져 가."

은희는 예쁘게 포장한 상자 하나를 내밀었다.

"어떻게 남의 생일을 안 까먹고 사냐? 난 내 나이도 자꾸 까먹는데…."

"히히. 나도 내 나이는 까먹어."

은희가 건넨 상자에는 양말 두 켤레와 여름용 덧신이 들어 있었다. 부모 형제도 못 챙기는 생일을, 그래도 이웃사촌이라고 잊지 않는 그 마음이 미선 씨는 고마웠다. 늘 허물없이 속내를 나누는 두 사람이라, 미선 씨는 이런저런 이야기를 나누었다.

"어머어머! 세상에. 삼천만 원이나? 이혼하고 혼자 얼마나 힘드셨을 텐데 그 돈을 한 푼도 안 쓰시고 애들 앞으로…. 언니랑 도장 찍기까지 옆에서 보면서 나도 참 민주 아빠 미워하기도 했지만, 그래도 심성이 좋은 사람인 건 맞아, 언니. 결국 언니한테 남긴 마지막 의리고 선물이야."

"답답한 사람이지. 정말 좋은 사람이라면 살았어야지. 살아남았어야지. 지금도 문득문득 원망스러워. 어머, 몇 시니?"

퍼뜩 시계를 본 미선 씨가 검은 비닐봉지에 든 생리대를 챙겨서 급히 은희네 집을 나왔다. 종종종 서둘러 다다른 집 앞. 그런데 초인종을 눌러도 안에서는 기척이 없었다. 미선 씨는 주머니를 뒤적거려 열쇠를 꺼냈다.

"아니, 애들은 다 자나?"

미선 씨는 문을 따고 안으로 들어서려다가 흠칫 놀랐다. 집 안에는 오색풍선들이 매달려 있고, 조금 어둑어둑해진 거실에는 촛불도 군데군데 켜져 있었다. 어리둥절한 표정으로 미선 씨가 신발을 벗고 안으로 조심조심 들어섰다. 난데없이 빠바방, 폭죽이 터졌다.

"엄마, 생신 축하드려요!"

"오 여사님의 마흔다섯 번째 생신을 진심으로 축하드립니다."

민주와 민수는 촛불을 켠 작은 케이크를 들고 등장했다. 삐딱하게 고깔모자까지 쓴 아이들 모습에 미선 씨는 웃음과 눈물이 동시에 새어 나왔다.

"너, 이거 하려고 엄마더러 은희 아줌마네 들렀다 오랬구나?"

"은희 아줌마가 말 안 했지? 또 미리 다 말해 버릴까 봐 내가 엄청 부탁했어."

"엄마 진짜 몰랐네. 서프라이즈 성공이야. 고맙다. 깜빡 속았어."

아이들은 엄마를 깜짝 놀라게 해준 게 재밌는지, 스스로 파티를 준비한 게 뿌듯한지 연신 입을 귀에 걸고 신나했다.

인생이라는 사막을 건너면서 몇 개의 오아시스를 만나게 된다면 이런 걸까? 미선 씨는 지금 오아시스 앞에서 단물을 마시고 있는 걸까? 단 한 걸음도 앞으로 내딛을 수 없을 만큼 깜깜하고 힘이 빠질 때, 그래도 미선 씨를 다시 일어나게 하는 힘. 다시 살게 하는 힘. 그건 아이들이었다.

"소중한 내 새끼들. 엄마 진짜 행복하다. 고마워."

정경수와 이혼을 했을 때도 이렇지는 않았는데, 막상 정경수가 저 세상을 가고 나니까 마른 모래성에 돌풍이 불어 닥친 것처럼 마음 한쪽이 와르르 무너져서 꽤 여러 날 동안 눈동자가 허공을 헤매곤 했다. 아이들도 텅 빈 것 같은 미선 씨의 눈동자를 보았으리라. 어떻게든 엄마를 다시 살게 해야 한다고, 아이들도 생각했으리라. 그래서 미선 씨의 마흔다섯 번째 생일날, 아이들이 준비한 생일 이벤트는 그냥 단순한 깜짝 파티가 아니었다. 종종 우울의 늪으로 빠져드는 미선 씨를 구하는 구원의 손길이었고, 종종 무기력의 수렁으로 빠져드는 미선 씨를 구한 구조의 손길이었다.

그래, 살아야지. 저 아이들을 위해 살아야지. 남편도 없고, 돈도 없고, 집도 없지만 그래도 저 보석 같은 자식들이 있으니까. 저 애들을 보고 다시 살아야지. 내가 없으면 저 불쌍한 아이들은 어쩌나. 엄마도 없으면 저것들은 또 어떻게 사나. 이보다 더 힘든 사람들도 다 안 죽고 살았는데, 나라고 왜 못 살까. 핏덩이 같은 어린 자식들 줄줄이 놓고 전쟁터에 나간 남편이 죽었어도, 어린 엄마들은 살아남아 악착같이 새끼들을 키워냈다는데…. 그 옛날처럼 전쟁이 난 것도 아닌데 설마 죽기야 할까. 설마 외롭다고, 절망스럽다고 죽지는 않겠지. 정경수가 아무리 밉고 원망스러워도 이거 하나는 진짜 고맙네. 저 아이들, 나한테 주고 간 거. 그거 하나는 진짜 고맙네, 정경수!

별이 쏟아지는 밤에

　미선 씨는 오랜만에 딸 민주의 방에서 나란히 이불을 덮고 누웠다. 좁은 방 천장 위에는 별자리 모양의 야광스티커가 붙어 있었다. 불을 끄면 야광별이 쏟아질 듯 반짝거렸다.

　"너 아직도 저런 거 붙여 놔? 안 유치해?"

　"뭐가 유치해? 꿈꾸는 거 같고 좋은데."

　"꿈꾸는 거 같아? 꿈꾸는 거 같으면 좋지! 근데, 너 진짜 꿈은 뭔데?"

　"글쎄. 엄마 꿈은 뭐야? 너희들이 내 꿈이다 이런 식상한 거 말고."

"훗! 엄마 꿈? 엄마가 꿈이 어디 있니? 그냥 안 죽고 살아 남는 게 꿈이지."

"에이, 그게 뭐야. 어떻게 사느냐가 중요하지. 꿈이 없으면 사는 게 아니야. 엄마도 꿈은 있어야지."

"다 잊었어. 꿈 같은 거. 니들 키우느라 정신없어서 꿈을 가질 새가 없었어. 먹고 사느라 바빠서 꿈꾸는 게 사치 같았어. 촌스럽게!"

"참 촌스럽네! 그럼 어릴 때 꿈은 뭐였어?"

"난 화가가 되고 싶었지. 누가 척척 돈 벌어다 주면서 넌 아무것도 하지 말고 그림만 그려, 그러면 얼마나 좋을까 맨날 상상했어. 그럴 수만 있다면 평생 기쁘고 행복하게 그림만 그리면서 살 텐데. 날마다 내가 그리고 싶은 그림만 실컷 그리면서 살면 얼마나 좋을까. 맨날 꿈꿨지. 돈은 안 벌고 싶고 먹고 놀고만 싶은 도둑 심보였나 봐."

"지금도 그림은 그리잖아."

"그래, 맞아. 내가 그리고 싶은 그림은 아니지만, 책 속에 넣는 삽화 그림 그리는 것도 그림 그리는 거니까. 뭐, 나쁘진 않

아. 그래도 이런 재주라도 있어서 얼마나 다행인가 싶어. 매일매일 감사해. 안 그러면 너희들하고 어떻게 먹고 살아? 더 힘들었겠지."

"난 엄마 그림 좋아해. 그 그림이 돈이 돼서가 아니라 그냥 엄마 그림이 좋아. 엄마가 그림 그리는 모습도 좋고."

"좋기는. 맨날 쭈그리고 앉아 궁상 맞겠지. 영혼이 담긴 아트를 하는 것도 아니고 처절한 생존형인데…. 너도 어릴 때부터 그림 참 잘 그렸어. 기억나? 선생님들마다 항상 다 칭찬했어. 보는 사람들마다 엄마한테 얘 미술 시키라고. 근데 그때마다 넌 왜 싫다고 했어? 돈 많이 들까 봐?"

"미술 말고 공부도 잘하니까? 하하."

"뭐야? 자뻑이야?"

"히힛, 아니야. 농담이야. 나도 그림 그리는 거 정말 좋았어. 중학교 1학년 땐가 내 친구 수정이 알지? 수정이 따라서 미술학원도 갔었어. 거기서 그림 그리는 애들 보니까 쫌 부럽기도 했어."

"근데 왜 안 했어? 엄마가 미술학원 보내 준다고 했었잖

아. 좋으면 해 보라고."

"그냥. 내가 그날 수정이 다니는 미술학원 가서 학원비 얼마냐고 물어봤었는데, 너무 비쌌어. 그리고 입시반은 더 비쌌고. 그래서 공부나 하자 생각했지."

"딴 애들은 지들 하고 싶은 거 있으면 부모한테 이것도 해 달라 저것도 해 달라 막 조르고 그런다는데 넌 참 특이해. 어려서부터 다 괜찮다 그러고. 자꾸 그러지 마. 자꾸 네가 하고 싶은 것들 억누르면 나중엔 진짜 네가 뭘 좋아하는지 기억도 안 나. 그리고 점점 안 행복해져. 그럼 어떡해. 아무리 엄마가 돈 좋아해도, 우리 딸 꿈 하고는 못 바꾸지. 엄마가 뭘 해서든 너 하고 싶은 건 최대한 시켜 주고 싶어."

"됐어. 엄마 마음은 알지만 현실적으로 미대 가는 게 얼마나 돈 많이 드는지 모를 만큼 나 어리지 않아. 그리고 나 때문에 자꾸 돈 쓰는 거. 그래서 엄마가 힘든 거. 나 그거 싫어."

"야! 엄마는 어른이잖아. 어른은 힘들어도 참는 거야. 네가 딸이고 내가 엄마잖아. 애는 무슨 지가 어른인 줄 알아. 왜 네가 돈 걱정을 하니? 참아도 내가 참고 벌어도 내가 벌어야지. 웃겨!"

"괜찮아. 나 미술 안 해도 상관없어. 대단히 재능이 있는
것도 아니야. 그림 잘 그리는 애들 너무 많아서 나는 끼지도 못
해. 그리고 난 젊고, 앞으로 시간도 많잖아. 내가 하고 싶은 거
얼마든지 더 많이 할 수 있어. 그러니까 엄마도 엄마 하고 싶은
거 있으면 참지 말고 하세요. 지금. 미루지 말고 지금."

"딸이 엄마 꿈을 응원해 주고. 오미선이 복 터졌지!"

"나도 그렇게 생각해요!"

"또 자뻑! 상습 자뻑! 정훈이랑은 요즘도 친하게 잘 지내?
너희 아직 안 헤어졌냐? 또 뽀뽀했어?"

"쳇! 진짜 안 했다고. 놀리지 마. 엄마는 우리가 헤어지길
바라? 미안하지만 아직 안 헤어졌네요."

"꽤 오래가네? 걔 어디가 그렇게 좋아? 키도 별로 안 큰 것
같고 그렇게 잘생기지도 않은 것 같던데… 공부는 잘해?"

"엄마는 무슨 남자 외모만 봐? 정훈이 착해. 공부는 보통
이지만 성격도 좋고."

"야, 착한 남자 조심해. 착한 게 병일 수도 있는 거야, 너!"

"왜? 아빠도 착했으니까? 그렇다고 엄만 내가 안 착한 남자 만나면 좋겠어?"

"그건 또 아니지. 일단 착하긴 해야지. 너한테 잘해 줘?"

"응. 내 얘기도 잘 들어 주고, 항상 기다려 주고."

"그래. 그래도 너무 깊이 사귀지는 말고, 그냥 가까운 친구로 잘 지내. 너무 깊이 사귀면 헤어질 때 아파. 엄마는 네가 아플까 봐 제일 겁나."

"아픈 만큼 성숙해진다는 말도 몰라?"

"하~ 쪼그만 게 진짜 어디서 들은 말은 있어가지고! 적당히, 헤어져도 너무 큰 상처로 남지는 않을 만큼만 영리하게 사랑했으면 좋겠다는 거지."

"엄마, 영리한 사랑도 있어? 사랑을 어떻게 영리하게 해?"

미선 씨는 잠깐 말문이 막혔다.

"그러게. 영리하게 사랑했으면 내 팔자가 이렇게 꼬였겠니? 내가 못하는 걸 너더러는 어떻게 하라고. 미안하다. 영원한 사랑도 없지만, 영리한 사랑도 없지."

"그럼. 영리하게 계산하는 건 이미 사랑이 아닌 거지."

"네네! 내가 애한테 말도 안 되는 허튼소리를 또 했구나. 엄마들이란 참, 논리가 없다. 자식 일 앞에서는 논리도 없고, 이성도 없다. 그치?"

미선 씨는 사랑이 어렵다. 사랑을 할 때도 어려웠고, 사랑에 대해 이야기할 때도 어렵다. 사랑이 뭔지 잘 모르겠다. 그래도 천장에 붙여둔 야광스티커 별들이 한가득 쏟아지는 딸의 방은 좋았다. 반짝거리는 천장을 보고 나란히 누워, 다 자란 딸아이와 소곤소곤 이야기 나눌 수 있는 행복. 인생에서 가장 눈부시게 빛나는 순간이 있다면 바로 이런 순간일 거라고, 미선 씨는 생각했다. 사랑에 대해 한참을 옥신각신 하다가 어느새 잠든 민주의 얼굴을, 미선 씨는 또 가만히 들여다보았다. 딸의 얼굴은 아직 앳돼 보였다. 이 작은 아이가 사랑을 시작하다니. 가슴 속에서 불꽃 같은 사랑을 피워 내다니. 미선 씨는 멀리 신기루를 보고 있는 듯 딸의 얼굴이 아득하고 신비로웠다. 가만히 아이의 손을 만져 보고 이마를 만져 보았다. 따뜻한 딸의 체온이 미선 씨의 손끝으로 가만히 전해졌다.

"나도 너처럼 다시 사랑을 하고 다시 꿈을 꿀 수 있을까?

너무 늦은 건 아닐까?"

　미선 씨는 대견함과 부러움이 만나는 교차점 어딘가에 마음 한 꾸러미를 내려놓았다. 민주의 가슴께까지 이불을 끌어다 덮어준 뒤, 찬란하게 야광별이 쏟아지는 방을 조용히 나왔다.

빛바랜 어떤 기억

때로는 기억이라는 게 백사장 모래알 같기를 바라. 아무리 깊게 새겨진 기억이라도 철썩 파도 한 번 왔다 가면 씻은 듯이 말끔히 지워지도록. 사랑한다고 골백번을 가슴팍에 새겼어도 바람 한 번 휘익 불면 아무렇지도 않게 화르르 날아가도록. 그러나 미선 씨의 이 바람은 터무니없다. 지우고 싶은 기억은 더 깊게 새겨지고, 날리고 싶은 기억은 더 끈덕지기 엉겨 붙기 마련이니까.

미선 씨 생일 일주일 뒤면 정경수와 미선 씨가 결혼한 날이다. 하지만 결혼기념일은 이제 없다. 그냥 과거에 결혼했던 날일 뿐. 몇 주년인지도 꼽아보기 싫었다. 그저 민주 나이쯤이 겠지. 이혼을 했어도, 남편이 이 세상에 더 이상 없어도, 어김없이 다가오는 특별한 날짜에 대한 기억과 그날을 챙겨왔던 습관들은 머릿속 어딘가에 똬리를 튼 채 남아 있었다. 정신없이 바쁠 때는 더러 까먹기도 하더니, 이혼을 하고 정경수를 떠나보내고 나니까 오히려 그 날짜가 더 선명하고 새삼 아프다.

"무슨 무슨 날 좀 다 없어졌으면 좋겠어."

마흔을 넘기면서부터 미선 씨는 되도록 기념일을 염두에 두지 않으려고 애써 외면했다.

"생일은 무슨 생일이야. 나이 먹는 게 무슨 자랑이라고."

혹시라도 누군가 아는 척을 해 줘도 무심한 듯 퉁명스럽게 굴었다. 하지만 그것은 모래먼지 풀풀 날릴 만큼 황량하고 거칠어진 속을 들키기 싫은 포장일지도 몰랐다. 누군들 꽃과 초와 케이크가 갖춰진 곳에서 살뜰하게 챙겨 주는 누군가에게 생일을 축하받고 싶지 않겠는가. 그러나 가능하지 않으니까, 꿈꿔도 꿈일 뿐이라는 걸 잘 아니까 꿈꾸지 않으려고 질끈 눈 감는 거 아니겠는가. 그러나 밀어내면 밀어낼수록 이미 이십여 년 가까이 지난 시간들이 바로 어제 일처럼 선명하게 되살아났다. 꿈꾸던 일들이 꿈이 아니고 현실이었던 때가 미선 씨에게도 있었으니까.

"자기야? 어디 있어?"

신혼살림을 차린 '우리들의 새 집'으로 예비신부 미선 씨가 퇴근해 돌아왔을 때였다. 오래된 다세대 주택의 반지하 셋방이었어도 부족한 게 없었다. 벽지를 새로 하고, 매일매일 새로운 살림살이들을 하나씩 채워가던 날들이었다. 예식 준비와 살림 장만으로 바쁘고 정신없었지만 깃털처럼 보드랍던 날들.

그날은 미선 씨의 스물일곱 번째 생일이었다. 미선 씨는 온갖 짐들을 정리할 생각에 부랴부랴 집으로 들어섰다. 그런데 퇴근 후 먼저 새 집에서 기다리고 있겠다던 정경수는 안 보이고 현관 앞에 웬 촌스러운 카드 한 장이 놓여 있었다.

'부엌으로 가시오!'

유치한 그림이 그려진 작은 카드. 그래도 거기 적힌 정경수의 낯익은 글씨가 반가웠다. 미선 씨는 피식 웃으면서 부엌으로 갔다. 부엌 싱크대 위에 가지런히 놓인 선물상자를 열어 보니 반짝반짝 빛나는 밥숟가락 하나가 생뚱맞게 들어 있었다.

'이것은 정경수가 절대로 오미선이 밥은 굶기지 않겠다는 다짐이고!'

다음 메모를 따라 안방으로 가 보니 새로 산 수면베개를 리본으로 묶어 놓았다.

'이것은 정경수가 오미선이 평생 두 다리 쭉 뻗고 편히 잘 수 있게 해 주겠다는 다짐이고!'

화장대 서랍 속에는 립스틱을 숨겨 두었다.

'이것은 오미선이 꼬부랑 할머니가 되더라도 언제나 아름답게 지켜 주겠다는 다짐이고!'

장롱 속 낡은 가방에서는 껌이 한 뭉치 쏟아져 나왔다.

'이것은 정경수가 절대로 오미선이 혼자 놔두고 어디 멀리 안 가겠다는, 옆에 껌딱지처럼 딱 달라붙어 있겠다는 다짐이고!'

화장실 변기 위에는 바지를 내리고 똥을 누는 우스꽝스러운 인형이 짓궂은 표정을 짓고 있었다.

'이것은 정경수가 언제나 오미선을 웃게 해 주겠다는 다짐이고!'

"하하하! 뭐야~ 진짜 웃긴다. 정경수, 어디 있어? 빨리 나와!"

그제야 정경수는 꽃다발과 케이크를 안고 어디선가 나타났다.

"마지막으로 이것은 정경수가 평생 오미선의 노예로 살겠다는 다짐입니다! 충성!"

그 순간 정경수가 미선 씨의 품에 한 아름 안겨준 꽃다발이 장미였던가. 수국이었던가. 허둥지둥 케이크에 촛불을 켜면서 정경수는 사랑한다고 했던가, 축하한다고 했던가.

"오미선! 생일 축하해. 나랑 결혼해 줘서 고마워. 내가 더 잘할게. 우리 결혼식 이제 일주일밖에 안 남았다. 기분 어때?"

그날, 그때. 정경수의 그 질문에 미선 씨는 행복하다고 말했었나. 고맙다고 말했었나. 정확한 말들이 무엇이었는지는 가물가물 멀어졌지만 오래된 영화 속 장면처럼 애틋하게 떠오르는 순간들이 있었음을, 미선 씨는 또렷이 기억했다. 영원하리라

믿었던 행복. 단 한 치도 의심하지 않았던 사랑. 미선 씨는 정경수를 꼭 끌어안고 서 있다가 그 남자 발등을 밟고 올라섰다.

"오미선의 노예 정경수는 지금 당장 냉장고 앞으로 가시오!"

미선 씨를 발등에 태운 정경수는 뒤뚱뒤뚱 걸어서 냉장고 앞으로 갔다.

"내가 당신 좋아하는 맥주를 사다 놓았소. 당장 꺼내 드시오!"

정경수는 한 손으로 미선 씨를 안은 채 냉장고에서 캔맥주를 꺼내 뚜껑을 따고 한 모금 마셨다. 입 안에 차가운 맥주를 가득 문 채 정경수는 미선 씨에게 뜨거운 키스를 했다. 차고, 부드럽고, 향기로운 키스였다. 그건 분명 사랑이었고, 행복이었고 진심이었다. 그러나 사랑 위에 지어 올린 그 숱한 다짐과 약속들은 어느 순간 속절없이 무너져 내렸다. 정경수의 잘못도, 미선 씨의 잘못도 아니었다. 그건 그냥 어딘가 먼 바다로부터 거듭거듭 밀려온, 거부할 수 없는 세월의 큰 파도였다고 해 두자.

십 년, 또 십 년

"배고프다, 밥 줘."

"앉아. 근데…. 빈 손이야?"

"뭘?"

"참, 너무하네. 내가 지난주 내 생일 때 일주일 뒤 우리 십
주년 결혼기념일이라고 말해 줬잖아. 까먹지 말라고."

"아~ 그랬나? 미안."

"그럼 그렇지. 내가 뭘 바라냐."

맥이 빠진 미선 씨는 작은 케이크와 함께 준비한 결혼 십
주년 기념 특별 상차림을 정경수 앞에 내놓으며 불퉁거렸다. 케

이크 먹을 거라고 매달리던 아이들은 결국 아빠를 기다리다 먼저 잠이 들었다. 밤 열한 시가 다 된 늦은 시각. 그때까지 저녁도 못 먹고 야근하다 돌아온 남편 정경수에게 미선 씨가 해 줄 수 있는 건 많지 않았다. 그저 삐죽삐죽 서운한 마음을 양념 삼아 얹은 잡채와 제육볶음과 소주 한 병이면 충분했다. 정경수는 언제나 미선 씨의 밥상을 제일 좋아했으니까. 그러나 정경수는 웃음기 하나 없는 표정으로 말없이 수저를 들었다.

'지금 이 남자에게 십 주년 결혼기념일 따위는 까마득한 뜬구름이구나.'

미선 씨는 정경수의 표정을 보면서 생각했다. 그리고 자꾸만 자신도 모르게 정경수의 눈치를 살폈다.

"왜 그래? 무슨 안 좋은 일 있어? 어디 아파?"

"아니…. 저기 있잖아. 나, 아무래도 회사 그만 둬야 할 것 같아."

"……."

"회사 상황이 너무 안 좋아. 생산직은 이미 삼십 퍼센트 이상 인원을 줄였어. 버틴다고 해도 어차피 몇 년 더 다닐 수 있을지도 모르겠고."

"그 정도야? 그래도 요 몇 달 월급이 따박따박 잘 나오기에 상황이 어지간히 돌아가는 줄 알았지."

"안팎으로 더 어려워졌어. 게다가 사장 아들이 상무로 올라오면서 허튼짓을 많이 해서 조직 분위기도 나빠졌고. 사장이 여기저기 딴 사업에 발을 담그는 바람에 경영 상태가 악화됐어. 한 해라도 빨리 다른 일을 찾아봐야 하는 게 아닌가 싶어."

정경수는 무겁게 입을 뗐다. 중소 토목자재업체의 관리부에서 일하던 정경수는 십오 년 가까이 다니던 직장을 그만 둬야 할 것 같다고 말했다. 결혼한 지 십 주년이 되던 그날.

미선 씨에게는 잔인한 기념일이었다. 시원하게 그만두라고 할 수도, 절대 안 된다고 할 수도 없는 갈림길에서 미선 씨는 정경수 옆에 앉아 묵묵히 식은 잡채만 집어 먹었다. 월급이 조금씩 깎이고, 며칠씩 늦어지는 일은 있어도 아예 안 나오는 날은 없었는데. 그 일을 그만두고 월급이 더 이상 나오지 않는다면 당장 애들을 데리고 어떻게 살아야 하나. 미선 씨가 간간이 아르바이트 일을 하며 생활비를 보탰어도 늘 형편은 빠듯

했다. 모아둔 돈은 언제나 미친 듯이 오르는 전셋값을 메우기도 바빴다. 갑자기 월급이 끊기면 빚 없이는 생활 자체가 불가능할 것이다. 빚을 얼마 낸다고 해도 몇 달 버티기 어려울 것이었다. 그만두기 전에 딴 일을 먼저 알아봐야 하는 게 아닐까. 먼저 다른 일을 알아본 뒤에 옮기는 게 순서가 아닐까. 무슨 일을 알아봐야 하나. 꼼꼼한 정경수는 관리업무가 최선인데. 하던 일과 비슷한 일을 알아봐야 할 텐데. 전혀 다른 일을 하는 회사로 옮기면 힘들 텐데. 아마 가능하지도 않겠지. 나이도 적지가 않은데…. 머릿속은 이미 뒤죽박죽이었으나 미선 씨는 최대한 아무렇지 않은 얼굴로 답했다.

"그래. 너무 쫄지 마. 어떻게든 되겠지."

"우선 거래처에 말해 뒀어. 건축자재 물류창고 쪽에서라도 일하겠다고 알아봐 달라고. 그거 결정되면 사표 쓸게."

"관리업무만 하던 사람이 물류창고에서 일할 수 있겠어?"

"오래 할 일은 아닌데 그래도 급하니까. 뭐라도 일단 해봐야지. 그 일이라도 하면서 천천히 다른 일을 찾아보는 것도 방법이고."

"그래. 잘 될 거야. 이 오미선이가 또 정경수 안 믿으면 누굴 믿나! 내가 당신 밥은 안 굶길 테니까 너무 걱정하지 말고!"

그러나 미선 씨의 농담에도 정경수는 웃지 않았다. 굳은 표정의 정경수에게 미선 씨도 더는 농담을 잇지 못했다.

'그래도 자기야. 우리 벌써 십 년이다. 지금까지 이만큼 온 거야. 앞으로 십 년, 또 십 년도 파도 한 번씩 왔다 가겠지만 그래도 우리, 잘 걸어갈 테니까 너무 걱정하지 마.'

미선 씨는 차마 말로 하지 못하는 말들을 마음속으로 조용히 건넸다. 배고프다던 정경수는 좋아하는 잡채에도, 제육볶음에도 손을 안 대고 내내 쓴 소주만 삼켰다.

태풍 고니

엄청난 바람이었다. 창문이 거세게 뒤흔들렸다. 나무든, 전봇대든, 가로등이든 모조리 뿌리째 뽑혀 버릴 정도로 성난 바람이었다. 대낮인데도 집 안은 온통 어슴어슴 어둠에 휘감겼다. 미선 씨는 분무기로 물을 뿌려 가며 신문지를 유리창에 쫙쫙 펴 발랐다. 의자를 놓고 올라가 높은 데까지 구석구석 붙였다. 그래도 불안한 마음에 테이핑까지 하고, 베란다의 화분들을 한쪽 구석으로 옮겨 놓고, 텔레비전 속보를 틀었다. 한반도 전체가 강력한 태풍 고니의 직접 영향권에 들었다. 방파제가 붕괴되고, 항공편이 결항되고, 뱃길이 끊겼다. 엄청난 강수량에

곳곳에서 강이 범람하고, 다리가 끊어지고, 마을이 고립됐다. 미선 씨는 학교에서 아직 돌아오지 않은 아이들이 걱정되어 어두운 거실을 서성거렸다. 가스레인지에 올려 둔 주전자에서는 삐이 물이 다 끓었다는 신호가 사이렌처럼 울렸다. 따뜻하고 구수한 보리차 향기가 집안 공기를 에워쌌지만 미선 씨 마음속의 불안감은 조금도 덜어지지 않았다.

십오 년 가까이 다니던 회사를 그만두고 거래처의 물류창고에 재취업했던 정경수는 겨우 몇 달 만에 다시 사표를 던졌다. 업무 성격도 달랐지만, 무엇보다 사람 관계 때문에 힘들어했다. 기존에 근무하던 직원들은 외부에서 갑자기 들어온 정경수를 탐탁지 않아 했다. 기존 직원들보다 훨씬 좋은 대우를 받고 들어왔다는 소문이 나돈 바람에 텃새가 심했다. '그래도 나만 잘하면 오해는 언젠가 풀릴 테고, 시간이 지나면 나아지겠지' 했다. 하지만 이미 미운털이 박힌 정경수를 내부에서는 어떻게든 찍어내고 싶어 했다. 급기야는 정경수가 자재를 빼돌렸다는 모함을 하기에 이르렀다. 한쪽 발을 걸쳐 놓고 다른 직장을 알아볼 처지도 아니었다. 정경수를 좋게 보았던 임원은 회사에 온 지 얼마 되지도 않는 정경수가 비리를 저지르지는 않았을 거라고 믿어 주었다. 하지만, 정경수를 마냥 감싸 주기도 난처한 입장이었다. 결국 정경수가 회사를 나올 수밖에 없었다. 자식 딸린 가장이 아무런 대책이나 준비 없이 회사 밖으로 던져지는 것은 불안을 넘어 공포였다. 생존에 대한 공포는 정경수를 가차 없이 짓눌렀다. 그는 극도로 예민해졌다. 작은 일에도 언성을 높였고, 막무가내로 성질을 부리는 일도 생겼다. 힘들어서 그러겠거니, 미선 씨는 부처님 가운데 토막이 되어보자 안간힘을 썼지만 뜻대로 되지 않았다. 부처님 흉내는 사람이 낼 수 있는 게 아니었다. 미선 씨도 어쩔 수 없는 사람. 예민해진 남편을 보고 있으면 가끔은 미선 씨도 질세라 더 예민해졌다.

"당신이 내 맘을 알기나 해?"

"그럼 당신은? 내가 지금 어떤지 당신은 알아?"

대화는 언제나 자신의 마음을 상대가 충분히 알아주지 않는다는 불만에서 시작되었다.

"나도 힘들어. 당신이 나만큼 힘들어?"

"맨날 당신만 힘들다고 말하지 마. 지켜보는 나도 죽겠거든!"

나이를 먹었어도 인간은 때때로 얼마나 미성숙한 면이 많은지. 이기적이고, 심술 맞고, 나약한지. 어린아이처럼 날마다 상대방에게 나 힘들다고, 나 힘든 것 좀 알아달라고 떼를 쓰는 것만 같았다. 혼자 있을 때는 반성하면서 그러지 말아야지 하면서도 막상 얼굴을 마주하면 그게 안 됐다. 왜 나한테 화를 내나, 내가 뭘 잘못했나, 나도 힘든데, 자기만 힘든 게 아닌데…. 도사리고 있던 원망이 스멀스멀 올라왔다.

미선 씨는 미선 씨대로 하루 종일 동분서주 쉴 틈이 없었다. 상대방의 마음을 헤아리고 어루만져 줄 여유가 없었다. 타이밍이란 언제나 그렇게 어긋나기 마련이다. 내가 힘들 때는 당신이 좀 여유가 있고, 당신이 힘들 때는 내가 좀 여유가 생기면 좋으련만. 아이들을 여기저기 맡기고, 때론 집에 어린 것들끼리만 놔둬 가면서 미선 씨는 어떻게 해서든 돈을 벌려고 버둥거렸다. 남편의 직장생활이 불안정하다는 걸 안 이상, 마냥 애들만 품에 끼고 집에 앉아 있을 수가 없었다. 돈 없이 손가락 빨면서 저 어린 것들을 어떻게 키우나. 미선 씨는 자다가도 퍼뜩퍼뜩 눈이 떠졌다. 무슨 일이든 상관없었고, 무슨 일이든 해야 했다. 바쁜 점심시간에만 파트타임으로 식당에서 서빙 알바도 했고, 짬짬이 교사 부부의 아이들 등원과 하원을 돌봐주기도 했다. 어린 아이들 미술지도도 했고, 밤에는 잠을 줄여가면서 그림 그리는 일에도 매달렸다. 그림책에 들어가는 삽화나 일러스트를 본격적으로 그리기 시작한 것도 그때부터였다.

미선 씨는 잠시도 멈출 수 없는 쳇바퀴에 올라탄 것 같았다. 한 순간이라도 멈추면 끝장이 나버리는 쳇바퀴. 그러나 아무리 열심히 쳇바퀴를 돌려도, 돌아보면 어느새 전셋값은 천정부지로 뛰었고, 벌기는 푼돈을 버는데 나갈 때는 목돈이 나갔다. 아이들은 하루하루 커나가는데 모아둔 돈은 없고, 동네 보습학원이라도 하나 보내려면 생활비는 번 것보다 더 많이 나갔다.

정경수는 정경수대로 일주일에 몇 군데씩 면접을 보러 다녔다. 또 그 틈틈이 대리운전에 편의점 알바에 닥치는 대로 일을 했다. 하지만 돈은 늘 부족했고, 몸은 늘 고단했다. 면접을 보면 언제나 똑같은 말뿐이었다.

　"나이가 너무 많네요."

　'회사를 다닐 때는 전쟁이지만 나오면 지옥'이라고 누가
그랬던가. 오래 다니던 회사를 그만두고 나온 순간, 모든 것이
암흑천지가 되었다. 눈 씻고 찾아봐도 양질의 일자리는 없었
다. 정경수는 창업을 해보고 싶어 했지만 결론은 늘 그림의 떡
이었다. 정경수를 위해 준비된, 실패해도 괜찮은 투자자금은
이 땅 어디에도 존재하지 않았다. 아니, 눈 먼 자금이 있다고
해도 기술과 인맥과 노하우가 축적되지 않은 자에게 성공적인
창업은 어불성설이었다.

　"있잖아, 나는…. 사는 게 미로 속 같아. 계속 길을 찾아
헤매는데 출구가 없어."

　흰머리가 부쩍 늘은 정경수는 가끔씩 술에 취해 울먹거렸다.

　"여보, 힘내. 나랑 애들이 있잖아. 밥 굶을까 봐 그래? 걱
정 마. 나도 벌고 당신도 벌고 우리 아직 젊고 건강한데 뭐가
문제야? 난 하나도 겁 안 나. 당신 내 옆에 있고, 애들도 건강
하게 잘 자라고 있잖아. 뭘 걱정해?"

"미래가 없잖아. 언제까지 이렇게 살겠어? 당장 다음 달이면 전세 이천 올려 줘야 해. 아니면 여기서 또 밀려나서 어딘가로 이사 가야 하고. 대출받아 올려 준다고 해도 그 다음은? 또 그 다음은? 로또 맞기 전에는 이 인생에 답이 없다고."

"우리 그럼 다음 달에 이 전세를 반전세로 돌리고 몇 천이라도 빼서 같이 포장마차라도 해 볼까?"

"포장마차 같은 소리 하네. 그게 쉬운 줄 알아? 반전세로 돌리고 다달이 월세까지 내면서? 지금 하고 있는 사람들도 다 접을 판인데, 해 본 적도 없는 낯선 일에 어떻게 막 덤벼? 말 같은 소리를 해!"

"……."

그날의 답 없는 대화는 또 그것으로 끝이었다. 전세 만기가 되면 다시 추가대출을 받아야 하고, 다음 달에는 시어머니 칠순도 지내야 했다. 환갑도 제대로 못 챙겨드렸기 때문에 칠순 때는 어디 가까운 데 여행이라도 보내드려야 했고, 가까운 지인들 모셔다가 식사라도 대접해야 했다. 두 시누이들은 아들인 정경수가 돈을 좀 더 내서 아들 역할을 톡톡히 해 주길

125_

바랐고, 시어머니는 힘들더라도 아들이 남들 앞에서 당신 위신 좀 서게 해 줬으면 좋겠다고, 은근히 바라는 눈치였다. 아이들은 아이들대로 커갈수록 사달라는 것도 많고 하고 싶다는 것도 많았다. 딸 민주가 갖고 싶어 하는 핸드폰, 아들 민수가 갖고 싶어 하는 게임용 컴퓨터의 가격도 만만치가 않았다. 아직 철이 없는 아이들은 틈만 나면 언제 사줄 거냐고 물었다.

"응. 다음에. 다음에."

그러나 그 '다음에'가 언제가 될지는 미선 씨 자신도 알지 못했다. 단 한 순간이라도 멈추면 그대로 고꾸라져 버리고 마는 쳇바퀴 위에서는 모든 게 기약 없이 미뤄졌다. 미선 씨는 아파서도 안 되고, 죽어서도 안 되었다. 오직 정경수와 미선 씨 둘이 감당하면서 돌려야 할 쳇바퀴의 무게는 아무리 해도 줄지 않았다. 둘 가운데 하나, 정경수든 미선 씨든 누구 하나 떠나 버린다 해도 끝내 멈추지 말아야 할 생존의 바퀴.

하루하루 나아지기는커녕 하루하루 쪼들려만 가는 생활이 계속되던 어느 날. 지구의 종말이라도 닥친 듯이 폭우가 쏟아지고, 바람이 거세던 날이었다. 태풍 고니가 한반도에 상륙했던 날. 정경수는 모처럼 일찍 집에 들어왔다. 둘은 한동안 날씨를 걱정하다가, 저녁에는 무엇을 먹을지 이야기하다가 아이들이 올 때가 됐는데…. 미선 씨가 시계를 쳐다보았을 때였다. 정경수가 무겁게 입을 열었다.

"당신, 송창우라고 알지? 내 초등학교 동창. 얼마 전에 모임에서 그 친구를 만났는데…. 그 친구가 사업을 크게 해. 요즘 같은 때에도 제법 사업이 잘 되나 보더라고. 오늘 잠깐 그 친구 회사에 찾아가서 이야기를 나누고 왔어. 일자리를 좀 부탁하고 왔는데, 잘 될 것 같아."

"아, 정말? 무슨 사업을 하는데?"

"원래 건축 관련 일을 하던 친군데, 몇 해 전부터 친환경 황토 건축자재를 만들어 유통하는 일을 해. 내가 그쪽 일을 좀 했으니까 연관성도 있고 그 바닥 돌아가는 것도 좀 알고. 그 친구도 날 도와주겠다고 하니까."

"잘됐다. 그래. 여보. 잘 될 거야."

뉴스에서는 태풍 고니로 인한 피해 상황이 계속 속보로

전해지는 중이었다. 이곳저곳에서 부서지고 넘어지고 깨지는 상황을 지켜보며, 정경수와 미선 씨는 새로운 일에 대한 일말의 기대감으로 실낱같은 희망을 키웠다. 아무리 거세게 몰아닥치는 태풍이라도 영원하진 않으니까.

검은 강이 흐를 때

정경수는 송창우 회사에 출근하면서부터 정신없이 바빠졌다. 집에 못 들어오는 날도 많았고, 술에 취해 들어오는 날도 다반사였다.

"당신 왜 이렇게 전화를 안 받아? 오늘 또 못 와?"

"엄마, 아빠 어제도 안 들어오셨어요?"

"아빠 또 늦으시네."

정경수와 미선 씨는 아무리 서로 바빠도 집에 오면 과일한 조각, 맥주 한 잔이라도 앞에 두고 이런저런 하루 일과를 나누던 부부였다. 아이들 이야기, 시댁 이야기, 친정 이야기, 세상 돌아가는 이야기. 정경수가 집에 돌아오면 미선 씨는 잠시라도 일손을 놓고 남편과 마주 앉았다. 아무리 늦게 집에 들어와도, 아무리 술에 취해 들어와도 아이들 자는 얼굴은 꼭 한번씩 들여다보던 정경수였다.

그런데 어느 때부터인가 정경수는 가족들과 마주하는 시간이 거의 없어졌다. 간만에 집에 일찍 들어오더라도 말수가 눈에 띄게 줄었다. 아이들이 미주알고주알 떠들며 아빠에게 매달려도 귀찮아하기 일쑤였다. 미선 씨도 그 즈음은 닥치는 대로 무슨 일이든 하자 팔을 걷어붙일 때여서 얼마간은 정경수의 달라진 그늘을 부러 흘려보내기도 했다. 그러나 한지에 먹이 조금씩 스며들 듯 정경수의 달라진 태도는 어느새 일상이 되어버렸다. 검은 그늘은 조금씩 정경수의 얼굴에 야금야금 스미어 그 면적을 넓혔다. 미선 씨의 시어머니가 그렇게나 거슬려 했던 그늘. 그러나 누군들 양지 대신 그늘을 좋아할까. 팍팍한 삶의 편린들이 무성히도 몸에 와 박히다 보면 어느새 한 사람의 정체성이 되고 캐릭터가 되어 버리는 것이지.

"젊은 애가 왜 그렇게 얼굴 표정이 어두워?"

때로는 미선 씨에게 아픈 꼬챙이가 되었던 시어머니의 그 말들은 어느샌가 그녀의 아들 정경수 얼굴에도 오래된 더께처럼 짙게 얹히기 시작했다. 점점 성마르게 변해 가는 정경수의 얼굴에는 마른버짐이 넓게 피고 양볼도 움푹 패여 광대뼈가 유난히 도드라져 보였다. 웃을 때마다 선명하게 드러나던 볼우물도 푹 꺼져 늘어난 입가 주름 사이에서 희미해졌다.

　"많이 피곤한가 보네."

　밤 열두 시가 넘어서야 집에 들어오고, 집에 들어오면 오자마자 쓰러져 자기 바쁜 날들. 정경수의 등은 하루가 다르게 메마르고 굽어졌다. 미선 씨는 몇 번이나 말을 붙여 보려다 그만 입을 다물고 말았다.

　"여보, 돈 좀 있어?"

　아침밥을 뜨는 둥 마는 둥 하던 정경수가 느닷없이 미선 씨에게 툭, 물었다. 정경수의 말이 떨어지자마자 미선 씨 가슴 속에서도 무거운 돌멩이 하나가 쿵 떨어졌다. 이 남자, 무슨 일이 있구나….

"돈? 얼마나?"

"천만 원이라도…."

"뭐? 천만 원? 십만 원도 아니고 백만 원도 아니고 나한테 천만 원이 어디 있겠어?"

"어디서 좀 구할 데라도 없을까?"

"무슨 일인데? 당신 도대체 요즘 뭘 하고 다니는 건데? 회사 다니는 사람이 아침부터 돈 천만 원이 왜 필요하냐고?"

"회사에서 이번에 친환경 황토마감재 특허를 받았는데 사업성이 좋아. 근데 이 특허기술을 가지고도 큰 시장에 진입하는 게 너무 어려워. 문제는 자본력이니까. 날마다 돈 만들러 다니는 게 내 일인데, 참 쉽지가 않네. 중소기업체에 대한 정부지원도 겉으로만 생색내기지 막상 현실적으로는 새 발의 피고. 설상가상 장사가 좀 되는가 싶으니까 여기저기서 아이디어 빼가기에 특허 베끼기도 심하고. 세금까지 폭탄이야. 세금을 정상적으로 납부해야 다시 정부지원금이나 보증서 대출이라도 받을 수 있을 텐데…. 세금 낼 운전금도 빡빡하거든."

"아니, 그럼 지금 회사의 밀린 세금을 당신이 당신 개인 돈으로 내겠다는 거야? 남한테 꿔서라도? 당신 미쳤어? 당신이 사장이야? 돈을 꿔도 송창우인가 뭔가 하는 당신 친구가 꿔야지, 그 사람이 사장이면!"

"알아. 송 사장도 지금 백방으로 뛰어다니고 있어. 근데 내가 냉정하게 봤을 때 충분히 가능성이 보이는 아이템이고 하니까, 어려울 때 나도 좀 돕고 싶고. 그러면 또 잘됐을 때 내 지분도 생기는 거 아니겠어?"

"그렇다고 땡빚 내서 회사에 꼬라박냐? 그게 말이 된다고 생각해?"

"알겠어. 나도 가능하리라고 생각하고 말한 건 아니야. 그냥 투자라 생각하고 천만 원이라도 급한 불 끄는 데 도울 수 있으면 나중에라도 할 말 있고 좋지 않겠나 생각한 것뿐이야. 신경 쓰지 마."

정경수는 아침상을 그대로 물리고 스르륵 자리에서 일어났다. 미선 씨는 식전부터 정경수에게 한바탕 질러 놓고 마음이 편하질 않았다.

'왜 급한 자금이 필요한 걸까? 밀린 세금 납부가 사실일

까? 천만 원만 있으면 해결이 되는 걸까?'

　미선 씨는 그날 이후로 날마다 꼬리에 꼬리를 무는 궁금
증으로 밤잠을 설쳤다. 정경수가 일이 늦어져 못 들어온다고
할 때도, 인사불성으로 술에 취해 집에 오자마자 고꾸라지듯
쓰러질 때도, 미선 씨는 어쩌지 못하는 걱정으로 잠을 설쳐야
했다. 그러나 정경수는 더 말이 없어졌다. 미선 씨가 묻는 사
소한 질문에도 친절하게 답해 주지 않았다. 굳게 자물쇠를 채
운 그에게 밖에서 돌아가는 내막을 계속 꼬치꼬치 캐물을 수
는 없었다. 그렇다고 마냥 모른 채 두고 볼 수도 없는 상황들
이 미선 씨를 불안하게 만들었다.

　"뭘 그렇게 알려고 해? 당신이 안다고 뭐가 달라져? 굳이
당신까지 다 알아서 좋을 게 뭐야? 괜히 신경이나 쓰지."

　정경수의 이런 태도는 미선 씨의 걱정과 불안을 키우고
분노를 증폭시켰다.

　"내가 안다고 달라지는 건 없겠지만, 뭐든 숨기는 것 없
이 그때그때 사실대로 말해 주는 게 나에 대한 배려고 존중이
야. 가족이 뭐야? 힘들 때 같이 힘들고 기쁠 때도 같이 기뻐야

지. 그게 가족 아니야?"

"그렇다고 내가 어떻게 하나부터 열까지 일일이 당신한테 다 말하느냐고? 당신이 다그치지 않아도 밖에 일만으로도 피곤하고 힘들거든? 제발 날 좀 가만 놔두라고!"

정경수와 미선 씨의 다툼은 점점 잦아졌고, 한번 시작하면 끝장을 볼 만큼 강도도 세졌다. 하지만 매일 으르렁대기만 했던 것은 아니었다. 가끔 정경수의 기분이 좋은 어떤 날에는 미선 씨도 덩달아 마주 보고 웃기도 했었다. 드문드문, 그 횟수가 조금씩 조금씩 줄어들긴 했지만.

"선이야! 우리 드디어 투자를 받게 됐어. 꽤 큰 금액이야. 이번 일만 잘되면 회사가 굉장히 클 거야."

정경수는 마치 자기가 사장인 것처럼 진심으로 기뻐하고 자랑스러워했다. 그러나 정경수는 일에 몰두할수록 감정기복이 커졌고, 정경수의 감정기복이 커질수록 미선 씨의 감정 또한 그에 따라 널을 뛰듯 좌지우지 흔들렸다. 어쩌면 그렇게 서로 인식하지 못하는 사이에 두 사람은 삶이라는 거대한 소용돌이 한복판으로 떠밀려 들어갔던 것인지도 모른다.

대기업으로부터 투자를 받게 되었다고 좋아한 지 한 달 만에 정경수가 다니던 회사는 특허권조차 빼앗기고 투자도 철회되었다. 정경수는 근 보름이 넘도록 집에도 들어오지 못했다. 회사를 살리기 위해 사방팔방 뛰어다니며 그는 어떻게든 무너지지 않기 위해 최선을 다했다. 그러나 인생이라는 게 언제 최선을 다한다고 해서 최선의 결과를 내주던가. 인생은 배신과 반전이 반복되는 회전열차. 시도 때도 없이 판이 뒤집히는 각축장 아니던가. 승부는 언제나 잔인한 법. 실패한 사람에게 세상은 눈곱만큼의 자비도 베풀지 않는다.

송창우는 이미 자신의 집과 땅, 시골의 부모님 집까지 다 담보로 잡힌 상태였다. 그럼에도 회사는 풍전등화였다. 몇 차에 걸친 부도 끝에 회사는 결국 최종 부도처리 되고 말았다. 정경수는 그 과정에서 친구 송창우에게 개인 신용대출을 받아 돈을 빌려 주었다. 다행히 정경수는 회사 부도의 큰 책임을 떠맡아야 하는 자리는 아니었으므로 송창우의 상황에 비하면 그나마 나았다. 그래도 정경수로서는 꽤 큰 금액의 빚이 남게 되었다. 정확히 얼마를 빌려 주었는지 미선 씨는 알지 못했다. 정경수는 자꾸만 입을 닫았다.

아마도 그때부터였던 것 같다. 전쟁이 시작된 것은. 그냥 하루하루 빠듯하게 살아가던 정경수로서는 감당하기 힘들었을 돈. 그가 단 한 번도 자신을 위해 써 본 적 없는 돈이 거대한 바위산처럼 정경수 인생을 앞뒤로 꽉꽉 막아 버린 그때. 어디선가 끝없이 검은 강이 흘러와 덮칠 때. 정경수는 자꾸만 미선 씨에게 헤어지자고 했다. 헤어지자며 목 놓아 울었다.

메마른 들판에 꽃은 피고

며칠 새 아침저녁 기온이 달라졌다. 엊그제까지도 더위 죽겠다고 엄살을 피웠는데, 새벽녘에는 으슬으슬 한기가 들어 이불을 끌어다 덮어야 했다. 여름내 보았던 아파트 화단의 수국은 감쪽같이 지고 은행잎이 서서히 물들어 갔다. 커다란 함박눈처럼 탐스럽던 하얀 수국이 미선 씨에게는 여름 내내 시린 멍울이었다. 정경수는 미선 씨에게 수국 꽃다발을 곧잘 선물해 주곤 했었다.

"지하철에서 누가 버리고 갔길래 주워 왔어."

"가게주인이 불쏘시개도 안 된다고 가져가라고 해서 주

어 왔지."

너에게 주려고 샀다는 말을 끝내 멋쩍어 못하고, 에둘러 주웠다고 말하던 정경수. 미선 씨는 화단 가까이 다가가지 못했다. 손으로 만지면 그 희고 탐스러운 꽃송이가 차디찬 얼음처럼 시리게 가슴에 와 박힐 것만 같았다. 아무리 날씨가 뜨거워도 시린 눈꽃송이처럼 큰 꽃 뭉치가 미선 씨 가슴을 맥없이 녹여 뻥 뚫어 버릴 것만 같았다.

"다행이네. 국화꽃이 한창이라…. 이제 수국은 감쪽같이, 졌다! 끝났네."

정경수를 떠오르게 했던 수국 대신 화단을 가득 메운 국화꽃을 보며 미선 씨는 가만히 쓸쓸한 미소를 지었다.

"미선아, 다음 주에 우리 모임인 거 알지? 너 이번에는 빠지지 말고 꼭 나와."

짝수 달 삼 일에 만나는 모임을 잊지 말라는 영미의 전화였다.

"그래그래. 이번엔 꼭 나가야지. 장례식 때도 다들 와 줘서 너무 고마웠는데. 내가 밥도 못 샀다. 무슨 일이 있어도 이 번에는 꼭 만나자."

　　삼십 년이나 된 친구들이었다. 성격도, 사는 형편도 다들 고만고만하게 엇비슷했다. 어쩌면 그래서 더 오래 만날 수 있었는지도 몰랐다. 잘나가는 다른 동창들과는 몇 번 모이다가도 대부분 연락이 끊기곤 하는데, 이 친구들과는 꾸준히 만나게 됐다. 스무 살 때까지는 가끔 사소한 일로 티격태격 삐걱거리기도 했으나, 세월 속에서 이런저런 일들을 함께 겪어내며 더 끈끈하고 탄탄해졌다. 여태 큰 다툼 없이 속 깊은 관계가 되었다. 연애하고, 결혼하고, 아이 낳는 굽이굽이 과정들을 변함없이 지켜봐 주고 함께 넘어온 친구들. 남편, 아이들 때문에 힘들 때도, 돈 때문에 허덕거릴 때도, 부모님이 돌아가셨을 때도 언제나 제일 먼저 달려와 주는 친구들이 있다는 건 참으로 감사한 일이다. 시집 잘 갔다고 동창회 나와 돈 자랑하는 친구 말고, 만나자마자 주구장창 애들 자랑만 하다가 자리 뜨는 친구 말고, 마음을 헤아려봐 주는 친구. 가난한 남편과 지질한 자식도 부끄럽지 않게 내보일 수 있는, 그래도 기죽지 않을 수 있는 친구. 굳이 말하지 않아도 내가 처한 상황과 형편을 짐작하고 헤아려 주는 친구. 그런 친구를 가졌다는 건 녹록지 않은 삶에서 어쩌면 가장 큰 힘과 위로일지 모른다.

나의 슬픔을 등에 지고 가는 자. 인디언들이 왜 '친구'라는 단어를 그런 뜻으로 이름 붙였는지, 미선 씨는 마흔이 넘어서야 깨달았다. 가끔은 그런 친구 하나 없다고 한탄하던 때도 있었다.

"망할 년들, 속편한 소리 하고 있네. 지들이 내 맘을 알아? 이렇게 지지궁상으로 사는 내가 얼마나 쪽팔린지, 자기들이 알기나 해? 어떻게 하나도 쓸 만한 친구가 없냐?"

때론 원망하기도 했다. 그러다 보니 굳이 만나서 기분 나쁘고 상처받게 되는 친구들은 조금씩 멀리하게 됐다. 만나서 속 볶이느니 안 보는 게 편했다. 그렇게 걸러지고 추려지고 좁아졌다. 하지만 어찌 보면 진짜만 남은 거다. 마흔 되고, 쉰 되도록 이어진 관계라면, 살아남은 관계라면 어쩌면 이제 정신없어지기 전까지는 쭉 보게 되는 사람만 남은 게 아닐까? 그렇게 알짜배기만 남기고 나니까 마음도 조금 여유가 생기고, 소중함도 자라났다. 좋은 친구를 옆에 두고도 괜히 비교하고 작은 것에도 상처받아 관계를 틀어지게 한 건 내 자신이었을 수도 있겠구나, 뉘우쳐졌다. 스스로 다른 친구의 슬픔을 기꺼이 내 등에 지겠다는 마음이 없으면 누구도 나의 친구가 되어줄 수 없겠구나, 이제는 내가 내 등을 내어줄 때가 되었구나, 싶었다. 겉으로 무언가 드러내려는 과시를 접고, 저마다 각자의 고민과 무게를 안고 있는 내면을 들여다봐 주려는 노력. 어쩌면 미선 씨는 친구 맺기의 지혜를 이즈음에서야 비로소 제대로 이해해가는 중인지도 몰랐다.

스물세 살부터 시집가고 싶다고 노래 불렀으나 여전히 노처녀인 지현이, 삼 년 전에 남편을 간암으로 먼저 떠나보낸 후 혼자 힘으로 힘겹게 살림을 꾸리며 자식 둘을 키우는 숙희, 엇나가는 아들과 바람피우는 남편 때문에 속 끓이는 영미, 그나마 가장 평온하지만 얼마 전 건강검진에서 초기 유방암 판정을 받은 정아에, 이혼한 남편과 육 개월 만에 다시 사별한 미선 씨까지. 그들은 각자 자기가 감당해야 할 몫을 기꺼이 짊어지고 열심히 앞으로 나가는 중이었고, 친구들은 서로의 몫을 기꺼이 옆에서 함께 짊어지고 함께 울어 주며 견뎌내고 있는 중이었다.

시간에 맞춰 미선 씨가 약속 장소로 들어가자, 카페 안에서는 마른 꽃향기가 흠뻑 풍겼다.

"어머, 여기 드라이플라워가 굉장히 많네. 멋지다."

"야야, 소리 없이 말라가는 드라이플라워 여기 네 송이 추가다."

미선 씨보다 일찍 와서 자리 잡고 앉아 있는 친구들을 가리키며 영미가 호탕하게 말했다.

"거짓말 마. 언제 우리가 소리 없이 말라가? 소리 없이 쪄가지!"

말마따나 얼굴에 꽤 살이 붙은 숙희가 농담을 던졌다.

"호호. 뭐야? 아재개그야?"

"드라이플라워도 꽃은 꽃이야. 무시하지 마. 말라가든 쪄가든 그냥 꽃이라고 해 줄 때 받아."

"그래. 그러자. 드라이플라워라도 하자, 그냥."

"야야, 무슨 소리니? 드라이플라워는 말도 안 돼. 지금도 차려입고 나가면 다 아가씨인 줄 알아. 왜 이래! 새로 시집도 갈 수 있다고! 우린 아직 젊어. 니들 용기를 가져. 요즘은 육십 대도 얼마나 젊은데."

"그래. 맞아. 취소하자. 아직은 생생한 쌩꽃인 걸로 하자. 드라이플라워는 오버야. 너무 갔어."

미선 씨는 오랜만에 친구들과 함께 크게 웃었다. 인생의 반환점이랄 수 있는 마흔 한복판에 이르러서야 알게 되고 인정하게 되는 것들. 누구든지 사는 건 원래 다 힘들다는 사실이다. 누구의 인생도 만만치 않다. 부족한 거 하나 없어 보이는 누군가라도 자세히 들여다보면 힘든 고비들을 넘겼거나 혹은 넘고 있다. 마음속에 응어리 하나씩은 안고 산다. 그러나 그럼에도 불구하고 안 살 수는 없다는 것 또한 명백한 사실. 그러니 어차피 살아야 한다면 작고 사소한 농담이라도 주고받으며 억지로라도 웃어야 한다. 웃을 수 있어야 한다. 아직 죽지 않고 용케도 살아 있다면, 서로 마주보고 웃으며 어깨 두드리며 결국 살아내야 하지 않겠나. 미선 씨는 조금씩 기미가 내려앉고 탱탱한 탄력이 사라져 가는 친구들의 얼굴을 찬찬히 바라보며 생각했다. 찬찬히 바라보며, 산다는 게 뭔가 생각했다. 나이 들어가는 친구들의 얼굴이 쓸쓸하고 애틋했다. 거울을 보면서도 느끼지 못했던 나이를 친구들에게서 느꼈다. 쓸쓸한 마음을 감추기 위해 미선 씨는 천장 인테리어를 칭찬하며 괜히 고개를 돌렸다.

이제는 결혼을 꿈꾸지 않는다는 지현이는 남자보다 연금이 더 중요하다고 말했다.

"누가 그러던데. 여자한테 남자는 물고기에게 자전거일 뿐이라고. 물고기한테 자전거 없다고 뭐 대수겠어? 이제 나한테도 남자보다는 연금이 더 중요해."

"그래. 너 결혼하지 마, 지현아. 우리들이 결혼하기 전에는 얼마나 다들 좋았니? 각자 꿈도 있고. 결혼하고 나서부터 우리 인생이 이렇게 꼬이기 시작한 거야. 온갖 풍파에 시달리게 된 거라고. 혼자 벌어 혼자 쓰고, 내 맘대로 혼자 사는 게 세상에서 제일 편하다, 너."

남편과 자식 때문에 하루도 바람 잘날 없는 영미가 거들었다.

"꼭 잘 살고 있는 애들이 이런 말 한다. 속지 마, 지현아.

자기는 다 해 놓고 하지 말라고! 아무리 욕하고 미워해도 의지할 수 있는 신랑과 아들이 있는 게 나아. 남편 떠나고 나서 한 이삼 년은 애들하고 먹고 사느라 정신이 없어 몰랐는데 지금은 정말 문득문득 그리워. 욕하고 싸우더라도 옆에 있었으면 좋겠다 싶고."

숙희의 말에 정아가 말없이 고개를 끄덕거렸다.

"내가 아파 보니까 돈도 중요하지가 않더라. 돈이야 굶어 죽지 않을 만큼만 있으면 되는 거고, 보험 들어 놓을 정도만 있으면 되는 거야. 아플 때 치료는 받아야 하니까. 진짜 중요한 건 건강이야. 내 몸 아프면 다 소용 없는 거더라고."

이번에는 정아의 말에 숙희가 고개를 끄덕거렸다.

"나도 애들 놔두고 혼자 죽을까 봐 가장 두려워. 힘들고 바빠도 좋으니까 죽을병만 안 걸리면 좋겠어. 애들이 제 앞가림할 때까지만."

"야야! 죽는 얘기, 아픈 얘기 좀 그만하고 딴 얘기 좀 해 봐. 차라리 내 결혼 얘기를 다시 할까? 내가 죽기 전에 결혼을 하겠니? 못 하겠니? 내기를 할래?"

"푸하하. 됐어. 너의 결혼은 오직 신만이 아시는 특급 보안사항인 거 같아. 어찌나 인생 자체가 어메이징 하신지, 도대체 알 수가 없어. 갑자기 열 살이나 어린 남자랑 연애를 한다고 폭탄을 터뜨리질 않나, 비혼식까지 거창하게 열어 놓고 느닷없이 상견례를 하지 않나. 상견례까지 했으면 그냥 시집을 갈 것이지 홀랑 뒤집어엎지를 않나…. 도대체 너의 그 변화무쌍한 도전정신은 따라갈 자가 없다."

영미는 부러운 듯, 핀잔인 듯 지현이를 놀렸다.

"얘들아. 그러니까 니들 괜히 지현이 결혼에 대해 하라, 마라 힘 빼지 말고. 우리 나중에 같은 요양원이나 입소할 수 있도록 지혜를 모아 보자."

늙고 병들면 외롭기 한이 없다며 정아가 진지한 얼굴로 말했다.

"그래그래. 그게 뭐 지혜 모은다고 될 일인지는 모르겠지만, 우리 서로 같은 요양원 동기가 되도록 최선을 다해 보자."

평소 꼼꼼하고 냉철한 현실인식을 자랑하는 에이스 총무 숙희가 크게 웃으며 말했다.

"나도 찬성! 나도 우리 아들 스무 살만 넘으면 쿨하게 징글징글한 남편과 작별 인사를 나누고 즐겁게 혼자 살다가 더 나이 들면 너희들하고 같은 요양원에서 오순도순 살고 싶다. 진심이야."

"정아가 아프더니 진짜 외로웠나 보구나. 친구들하고 같은 요양원 가자는 소리를 다 하고."

미선 씨는 아픈 정아 얼굴을 짠한 얼굴로 쳐다보았다.

"그러게. 하나님도 참 센스가 없다니까. 착하고 단란한 정아랑 정아네 가정은 그냥 잘 살게 놔두고 나한테 병을 주셨으면 얼마나 좋아. 도대체가 내 말이라고는 죽어라 안 들어 쳐먹는 우리 남편이랑 아들이 나 유병암 걸렸다고 하면 혹시라도 겁먹고 조금 달라질지도 모르는데…. 나란 존재에 대해 소중함도 좀 깨닫고. 아! 우리 마누라가, 우리 엄마가 진짜로 아프네. 애달프게 가슴 치며 후회 좀 했을 텐데. 내가 그 꼴을 좀 봐야 되는데. 어휴. 가만 보면 신은 참 센스 떨어져."

영미의 능청에 모두들 웃음을 터뜨렸다. 하지만 마냥 웃을 수만도 없어서 그야말로 오묘하기 이를 데 없는 '웃픈' 표정을 짓고야 말았다.

　미선 씨와 친구들은 시간 지나가는 줄도 모르고 떠들다
가 가 봐야 한다는 지현이 말에 모두들 주섬주섬 자리에서 일
어났다.

　"그럼 각자 만 원씩 밥값들 내시고…."

　어딜 가나 에이스 총무인 숙희가 돈을 걸으려고 했으나
미선 씨는 급하게 말렸다.

　"아니야. 오늘은 다들 내지 마. 지난번에 애들 아빠 장례
식장에도 모두 와 주고. 너무 고마워서 내가 오늘 밥 사고 싶
어서 나온 거야. 다들 지갑은 고이 닫아 둬."

　"그래. 그럼 오늘은 미선이 지갑 좀 털자."

　"그래그래. 내 지갑 좀 털어. 먼지 말고도 뭐가 또 나올 게
꽤 많아."

　미선 씨는 기분 좋게 친구들에게 밥을 샀다. 그리고 돌아
오는 길에 아픈 정아의 주머니에 슬쩍 돈 오만 원을 찔러 주
었다. 약값이라도 하라고. 버스 올 시간 됐다며 정류장 쪽으로
뛰어가는 숙희에게도 따라가서 또 오만 원을 쥐어 주었다. 남

편도 없이 혼자 키운 아들이 좋은 대학에 합격했다는 소식에 너무 기특해서.

"큰애 밥이나 사주라고. 입학할 때 만나서 줬어야 하는데, 내가 너무 정신이 없었다. 시간이 어찌나 빠른지 내내 생각만 하다가 애 졸업하게 생겼다야."

미선 씨가 웃으며 건넨 봉투를 숙희는 손사래 치며 마다했지만 미선 씨는 꼭 쥐어 주었다. 가장 일찍 결혼한 숙희네 큰아들은 친구들 모두의 첫 아이였다. 숙희가 낳은 그 아기가 신기하고 예뻐서 미선 씨와 친구들은 빨리 결혼해서 아기 낳고 싶다고 다들 부러워했었다. 엊그제 같은 그 시간들이 손에 잡힐 것만 같은데, 그때 그 아기가 어느새 대학생이 됐다는 게 미선 씨는 자꾸만 거짓말 같았다.

"거짓말 같아. 꿈만 같아. 십 대일 때, 이십 대일 때, 나는 세월이 이렇게 무심히도 빠르게 가리라는 걸 몰랐어. 세상에, 마흔다섯이라니. 우리가 마흔다섯이라니."

돌아오는 버스 안에서 창문에 머리를 기댄 채, 미선 씨는 계속 중얼거렸다. 그때 문자가 한 통 왔다. 숙희였다.

아직 마음도 힘들 텐데 나와서 웃고 앉아 있느라 애썼다. 힘들어도 자주 나와. 자꾸 사람들이랑 어울려야지 혼자 일만 하면 건강 나빠져. 친구들이랑 조금씩 돈 모아서 네 가방에 넣었다. 기분 전환하게 옷이라도 하나 사 입어. 애들 것 사지 말고 꼭 네 것 사.

가방 속에는 이십만 원이 들어 있었다. 네 명의 친구가 오만 원씩 걸었을 돈. 미선 씨는 밥값 오만 원을 내고, 숙희와 정아에게 십만 원을 주었으나, 그러고도 다시 이십만 원을 받았다. 셈법으로는 오만 원이 남았으나 돈으로는 환산할 수 없는 수백만 원어치의 정을 받은 셈이다. 자꾸 왔다 갔다 하는 돈. 돈은 자꾸 돌아야 돈이라고. 한 군데만 처박혀 있으면 그건 돈이 아니라 독이라고, 엄마가 자주 하시던 말씀이 떠올랐다.

"계집애들. 지난번에 부조도 다 해 놓고 뭘 또…"

차갑고 딱딱했던 미선 씨의 마음은 돌고 도는 돈 때문에, 돈에 담긴 더 큰 정 때문에 조금씩 녹아내렸다. 녹아내린 마음이 뜨뜻하게 몸을 덥혔다.

네 잘못은 아니야

집에 막 들어서려는데 아들 민수의 담임선생님으로부터 전화가 왔다. 학기 초에 상담하러 갔을 때 잠깐 뵌 게 다였지만 인상이 참 자상하고 좋은 분이신 것 같아 내내 안심이 됐었다.

"민수 어머니, 지금 잠깐 학교로 오실 수 있나요?"

"아, 네. 선생님! 그런데 무슨 일이시죠?"

"민수가 반 친구랑 좀 싸웠어요. 학교 폭력으로 신고가 접수돼서요."

깜짝 놀란 미선 씨는 신발을 벗으려다 말고 그 길로 곧장 학교로 달려갔다.

'우리 민수가 학교 폭력이라니⋯. 그럴 리가 없는데⋯. 그럴 애가 아닌데⋯.'

　그러나 세상 모든 부모에게 '그럴 수도 있는' 자식은 없잖은가. 대문 밖의 자식을 가장 모르는 게 부모다. 미선 씨는 어쩌면 자신이 민수에 대해 아무것도 모르고 있었던 게 아닐까 마음이 다급해졌다. 뉴스에 등장하는 끔찍한 중학생들의 학교 폭력 사건들이 학교까지 가는 십여 분의 짧은 시간 동안 머릿속에서 재생되었다.

　학생안전인권부 교실에는 상대편 학생의 아버지가 와 있었다. 민수와 민수의 같은 반 친구는 서로 얼굴을 때렸는지 둘 다 얼굴이 벌겋게 조금씩 부어 있었다.

　"우선 부모님들께서 많이 놀라셨을 텐데요. 아이들이 체육 시간에 다툼이 좀 있었던 것 같습니다. 현욱이가 민수를 놀려서 민수가 먼저 현욱이를 때렸고, 현욱이도 화가 나서 민수를 때렸다고 하는데요."

　"선생님, 우리 현욱이가 먼저 놀렸다니요? 현욱이가 가만있는데 저 애가 먼저 다짜고짜 달려와서 때렸다고 전 들었습니다!"

현욱이라는 친구의 덩치 큰 아빠는 아주 마땅찮은 얼굴로 담임선생님을 쏘아보았다.

"현욱이 아버님, 현욱이가 아버님께 어떻게 전했는지 모르겠지만요. 저희가 함께 있던 몇몇 주변 아이들에게 설문 형식으로 다 조사했고요. 당사자 두 명의 진술서에서도 모두 확인한 내용입니다."

담임선생님은 설문지와 진술서를 한 장 한 장 가르쳤다.

"도대체 뭐라고 놀렸길래 민수가 친구를 때린 건가요?"

미선 씨는 어금니에 꽉 힘을 주었다가 풀며 마른 침을 삼켰다. 그리고 되도록 침착하게 물었다.

"그게 저…. 얼마 전에 민수 아버님께서 돌아가셨는데 현욱이가 내용을 잘못 알고 민수 아버님께서 자살…하셨다고 말을 한 것 같아요. 그걸 듣고 민수가 화가 나서… 현욱이를 먼저 때린 것 같습니다."

"뭐라고요?"

미선 씨는 순간 감전이라도 된 것처럼 온몸이 찌릿했다.

"아무리 그래도 폭력을 쓰면 됩니까? 어쨌거나 먼저 주먹을 휘두른 건 저놈이잖습니까?"

현욱이 아빠는 혹시라도 자신의 아들이 비난을 받을까 되레 큰소리로 받아쳤다.

"현욱이 아버님! 지금 누구더러 이놈 저놈 하시는 거예요? 그리고 얘! 도대체 너는 그딴 소리를 어디서 들었니?"

미선 씨의 목소리 톤도 높아졌다.

"민수 아빠 돌아가신 거, 자살 아니야! 갑자기 심장마비가 와서 돌아가셨어. 너 왜 잘 알지도 못하면서 함부로 말해? 그게 얼마나 친구한테 큰 상처를 주는지 알아? 주먹으로 때린 상처보다 마음에 난 상처가 더 오래 가는 법이야."

미선 씨는 카랑카랑하지만 떨리는 목소리로 현욱이라는 친구를 나무랐다.

"이것 보세요! 지금 먼저 때린 건 그쪽 아들인데 왜 우리 애한테 따따부따 하는 거요?"

현욱이 아빠가 지지 않고 목소리를 높였으므로, 미선 씨도 물러서지 않았다. 두 아이들은 그저 고개만 떨군 채 아무런 말이 없었다.

　"아, 부모님들. 모두 진정하시고요. 어쨌든 이 사안은 민수나 현욱이나 서로 잘못한 부분이 있고요. 현욱이가 학교 폭력으로 신고를 하긴 했지만, 사실 현욱이도 언어 폭력의 부분이 인정됩니다. 당시 현장에 있었던 많은 친구들이 증언을 다 했습니다. 따라서 어느 한쪽이 일방적인 피해자라고 말할 수 없고, 서로 주먹을 휘둘러 둘 다 얼굴 부위를 이 회 이상 가격한 부분이 인정되므로, 부모님들끼리 잘 마무리하셔서 담임종결로 사건을 마무리 지었으면 좋겠습니다."

　"선생님, 현욱이가 그렇게 말했다면 현욱이 말고도 민수 아빠에 대해 잘못 알고 있는 아이들이 있다는 말 아닌가요? 그런 소문이 왜 났는지, 났다면 어떻게 나게 됐는지 밝혀 주세요. 민수가 현욱이를 먼저 때린 거는 잘못한 거지만요. 그리고 이 부분은 충분히 사과하겠지만요. 민수 아빠가 자살했다는 식으로 말하고 다닌 친구들이 있다면 확인해서 이 부분이야말로 제가 학교 폭력으로 신고해야겠네요."

　"아, 네…. 일단 어머님. 그럼 그 부분은 다시 신고 접수가 되어야 하고요. 우선은 이 사건부터….”

“에이, 참! 화가 나서 말이야!”

현욱이 아빠는 갑자기 자리에서 벌떡 일어서며 말했다.

“아무튼 선생님. 또 한 번 학교에서 저희 애한테 주먹을 휘두르는 놈이 있으면요. 전 그냥 안 넘어갑니다. 그때는 학교인 권위가 아니라 경찰에 신고할 거니까 그렇게 아세요.”

끝까지 ‘놈’이라는 말을 쓰는 현욱이 아빠 때문에 미선 씨도 의자를 박차고 자리에서 일어났다.

“여보세요, 현욱이 아버님! 학교 폭력 신고는 현욱이가 먼저 했는지 몰라도요. 더 큰 피해자는 우리 민수예요. 민수는 몸과 마음에 다 상처를 입었다고요. 모르시겠어요?”

미선 씨는 가까스로 화를 억누르며 쏘아붙였다. 적반하장이란 생각이 굴뚝같이 들었고, 혼자 상처받았을 민수를 생각하니 억울하고 서러운 생각이 북받쳤다. 사과할 생각이 눈곱만큼도 없는 현욱이 아버지에 대한 분노가 참아지지 않았다.

“네. 민수 어머님. 조금 진정해 주시고요. 두 분께 저희가 무척 죄송하다는 말씀을 드립니다. 저희가 앞으로 학생지도를 더 잘하도록 하겠습니다. 자, 너희들 각자 서로 잘못한 부분들이 있으니까 사과해. 부모님들 앞에서 다시는 친구한테 상처 주는 행동하지 않겠다고 약속하고. 그리고 오늘 이 부분에 대해서 반성문 세 장씩 쓰고, 내일부터 일주일 동안 청소하도록 해."

아이들은 우물우물 기어들어가는 목소리로 내키지 않는 형식적인 사과와 답변을 했다.

"민수 어머님. 속상하신 점 있으시겠지만 일단 이번 사건은 담임종결로 매듭을 지으시고요. 소문 건은 제가 다시 조사를 해 보도록 하겠습니다."

미선 씨는 마지못해 알겠다고 말하면서도 속은 시커멓게 탔다. 참고 넘길 수밖에는, 다른 뾰족한 수가 없다는 사실에 미치도록 화가 났다. 열다섯 살의 철없는 행동이라고 생각하면서도 아빠를 잃은 친구에 대한 배려가 없는 아이에게 원망이 솟아났다.

"알겠습니다. 그럼 다시는 이런 불미스러운 일로 얼굴 붉히는 일 없었으면 합니다."

현욱이 아빠는 마뜩잖은 표정으로 먼저 자리를 떠났다. 현욱이는 힐끔힐끔 주눅 든 얼굴로 제 아빠의 뒷모습을 훔쳐보았고, 민수는 굳은 얼굴로 눈을 내리깐 채 시종일관 목석처럼 가만히 있었다.

"예. 그럼 이제 민수 어머니도 돌아가시면 됩니다. 너희들은 이쪽으로 따라와."

선생님을 따라 교실로 가면서도 민수는 미선 씨 쪽으로 곁눈질 한 번 하지 않았다. 양 주먹만 단단히 말아 쥔 채 걸어갔다. 미선 씨는 오른쪽 관자놀이 즈음이 벌겋게 부어올라 있는 민수를 빤히 쳐다보았다. 제 아빠가 자살했다는 놀림을 얼마나 참기 힘들었으면 친구를 때렸을까. 미선 씨는 아들이 안쓰럽고 가여웠다. 하지만, 그 마음을 들키지 않으려고 눈을 질끈 감았다. 그래도 때리면 안 돼. 폭력을 쓰는 건 절대 안 돼. 민수가 잘못한 거야. 안쓰러워하기 시작하면 애를 망친다고, 제대로 가르칠 수 없다고, 미선 씨는 다짐하듯 몇 번을 되뇌었다.

아이들이 한 명도 없는 빈 운동장은 휑했다. 휑한 운동장은 뉘엿뉘엿 넘어가는 저녁 해로 붉게 물들어 있었고 늦은 오후의 그림자는 길고 낯설었다. 미선 씨는 털썩 소리가 날 만큼 크게, 구령대 옆 계단에 주저앉았다. 마냥 순하기만 한 줄 알았던 민수였다. 제 누나보다 더 애교도 많고 막내라 그런지 응석도 많은 아이였다. 하지만 변성기를 맞은 열다섯 살 아들의 목소리는 조금씩 굵직한 남자가 되어 갔다. 딸과는 또 달리 억센 면도 많아졌다. 아무리 순해도 사내아이의 기질을 보였다. 남한테 지기 싫어하고 쉽게 물러서려 하지 않았다. 이미 미선 씨보다 키는 머리 하나가 더 컸다. 그런데도 미선 씨는 맛있는 음식이나 해 주고, 게임이나 시켜 주는 것 이외에 이 사내아이를 위로하는 방법을 알지 못했다. 무엇이 지금 이 아이에게 필요한지 전혀 모르겠다. 아직은 덜 큰 남자. 미선 씨는 열다섯 살의 남자를 어떻게 대해야 하는지 배운 적이 없었다. 그래서 미선 씨는 다섯 살, 열 살 때와 똑같이 민수를 대하고 있었던 것이다. 남자 어른이 되어 가는 그 아이의 마음 속에서 어떤 폭풍 같은 변화가 일어나는지 눈여겨볼 겨를이 없었다. 그러나 어쩌면 저 아이의 상처와 분노는 미선 씨가 느끼는 것보다 훨씬 크고 깊을지 모른다는 생각이 들어, 와락 겁이 났다.

주위가 점점 어둑해지고, 빈 운동장에 가로등빛만 희미하게 비추기 시작할 때가 되어서야 민수가 터덜터덜 걸어 나왔다.

미선 씨는 천천히 일어나 조용히 뒤에서 민수를 따라 걸었다. 미선 씨가 뒤따라오는 줄도 모른 채 민수는 계속 앞서 갔다.

"정민수! 같이 가자~."

그때서야 민수는 뒤를 돌아보았다.

"……"

"야, 그 현욱이라는 애. 좀 더 쎄게 패주지 그랬어? 덜 때린 거 아니야?"

"……그 새끼 아주 죽여 버리려다가 참았어."

"잘 참았어. 진짜 죽여 버려서야 되겠어? 그럼 너만 나쁜 놈 되는 거지."

"잘 알지도 못하는 쓰레기 새끼가 깝쳐서!"

"그래도 옆에 다른 친구들이 걔가 먼저 이상한 소리했다는 걸 듣고 말해 줘서 다행이다. 안 그랬으면 현욱이 아빠한테 너만 가해자로 몰릴 뻔했어."

"내 친구들 다 듣고 있었는데, 병신 같은 새끼가, 혼자 우기면 되는 줄 알고."

"그래. 친구들이 다 듣고 진술서 써 줘서 다행이야."

"그게 사실이니까. 그 새끼도 나 쳤어. 그래 놓고 지가 피해자라고 신고하고."

"…… 민수야. 아빠는…. 자살하지 않았어. 얼마나 살고 싶어 했는지 몰라. 너랑 누나랑 엄마랑 다 같이 행복하게…… 살고 싶어 했어, 아빠는. 가족이랑 행복하게 사는 게 유일한 꿈이었던 사람이야. 근데 그게 아빠 뜻대로 안 됐고, 힘들었고, 너무 스트레스 받으니까 몸이 갑자기 나빠졌던 거야. 그래서 갑자기 쓰러졌고. 그게 다야."

"알아."

"근데, 있잖아. 어쩌면 이 세상에 자살을 하는 모든 사람도 진짜 죽고 싶어서 죽는 사람은 없는 것 같아. 자살은 어쩌면 가장 잘 살고 싶다는 비명 같은 거야. 가족이 자살을 했다고 해서 그게 비난받을 일은 아니라고 생각해. 그래서 엄마는…."

미선 씨는 혹시라도 진짜 자살한 가족을 둔 누군가가 자신의 말을 듣고 있는 것만 같아서, 그들에게 누가 될까 봐 말에 말을 얹었다. 그러나 자꾸 말을 보태도 끔찍한 단어는 희석되지 않았고, 두려움은 줄어들지 않았다. 자신의 말이 누군가의 가슴에 화살로 꽂힐까 봐 두렵기도 했다. 나이가 들수록 말이 무서워졌다.

"알겠으니까 그만해."

"그래. 현욱이랑은 잘 화해했지?"

"내가 무슨 초딩도 아니고, 악수하고 안아 주기라도 해야 돼? 그럼 화해가 된 거야? 화해해야 사건 종결된다니까 일 더 크게 안 만들려고 화해하는 척 한 거지. 내가 우리 아빠한테 막 말한 새끼랑 어떻게 화해를 해? 엄마라면 그게 돼?"

"안 되지. 나도 안 돼."

"것 봐."

민수의 말이 틀린 게 없어서 미선 씨는 그만 입을 다물었다. 그래도 친구를 때리는 건 안 된단다. 폭력은 나쁜 거야. 이런 말들을 덧붙이려는데 민수가 냉큼 말을 가로챘다.

"다 알아. 걱정하지 마. 내가 정신 나간 놈도 아니고 괜히 사람 때리고 다니지 않아. 말로 해서 되는 일에 주먹부터 쓸 정도로 머리 나쁘지도 않아. 안 그럴 테니까 걱정 마세요."

"그래. 알겠다. 근데 야, 내 아들 정민수야! 너 아빠 없다고 쫄지 마. 엄마 그 애 아빠한테 말하는 거 봤지? 안 밀리지?"

"엄마나 쫄지 마. 아까 목소리 엄청 떨렸거든?"

민수는 미선 씨에게 핀잔을 주더니 휙 집 안으로 들어가 버렸다.

"내 목소리 그렇게 떨렸냐? 티 많이 났어? 야, 그래도 엄마는 이 세상에 무서운 거 하나도 없어. 네가 있잖아, 네가. 네가 엄마를 딱 지켜 줄 거잖아. 그치?"

미선 씨는 이미 민수가 방으로 사라져 버린 뒤에도 허공에 대고 외쳤다. 미선 씨가 뱉은 말은 윙윙 울리는 메아리가 되어 미선 씨 귀에 다시 울렸다. 민수가 그날 밤 혼자 방 안에서 얼마나 아빠를 그리워했을지, 미선 씨는 다 안다. 다 알면서도 그저 모르는 척 하기로 했다. 열다섯 살의 어린 남자지만 이미 남들 앞에서 우는 걸 들키고 싶어 하지 않았으므로. 혼자 울음을 삼키는 법을 배워가는 중이라 여겼으므로.

노란 가로등 아래

며칠 전부터 집에 한 번 들르겠다는 엄마에게 미선 씨는 이 핑계 저 핑계를 댔다.

"내가 갈게. 오지 마세요. 힘든데 뭘 와?"

"아니야, 엄마. 오늘 약속 있어서 나가봐야 돼. 나중에 오세요."

"이번 주 애들 시험이고 나도 마감이라 바쁜데…. 잘 챙겨 먹고 있을게요. 엄마나 감기 안 걸리게 조심하셔. 네. 전화 자주 드릴게요."

미선 씨는 아직 마음이 채 아물지 않았다. 사랑했던 남편 정경수와 이혼하고, 정경수가 죽는 과정에서 다친 마음이 아직 다 낫지 않았다. 그 상처 난 마음을 미선 씨는 엄마에게 내색하는 게 아직 편치 않았다. 아무리 감추려고 해도 쉽지 않았다. 엄마 앞에서는. 미선 씨가 아무리 아닌 척해도 엄마는 미선 씨의 마음 밑바닥까지 훤히 꿰뚫어 보고 말 테니. 엄마와 얼굴 보고 눈 마주치는 일을 아직은 되도록 피하고 싶었다.

"엄마 보면 자꾸 마음만 약해져. 무슨 말 하다 보면 자꾸 울컥하고. 짜증나. 괜찮다는데도 괜히 나보다 엄마가 더 애가 닳아서는. 낯빛이 세상 꺼칠해가지고…. 자꾸 얼굴 보면 뭐할 거야. 서로 힘들기나 하지. 딸내미냐고 부모한테 잘사는 모습 보여주고 살아야 하는데. 이러고 사는 거, 자주 보여 봐야 속상하기나 하지. 어떡해 뭐. 인생이 사람 마음대로 안 되는 걸!"

한 번 오겠다는 엄마를 굳이 말리고 미선 씨는 혼자 무거운 마음을 다잡았다.

모처럼의 휴일 아침, 애들이 일어나지도 않은 이른 시각에 초인종이 울렸다. 누군가 싶어 급히 현관문을 열자, 식전 댓바람부터 엄마가 서 있었다. 날씨도 차가운데 장갑도 없이 맨

손으로 짐을 잔뜩 든 채.

"엄마!"

미선 씨는 엄마 손에 들린 짐을 허겁지겁 받아들었다.

"쯧쯧! 얼굴은 세상 꺼칠해가지고! 과부 티 내냐?"

"내가 뭘? 하도 잘 먹고 다녀서 얼굴이 반질반질 하구만. 엄마 얼굴이 더 상했어. 쌍과부 티 내요?"

미선 씨는 일부러 농담을 하면서 밝게 웃었다.

"늙은 거 하고 젊은 거 하고 같아? 나야 이제 환갑 진갑 다 지났으니 꺼칠한 거 당연하지만 넌 이것아, 아직 팔팔한 게…. 얼굴이 그게 뭐냐고. 무조건 잘 먹어야 돼. 애들하고 열심히 살려면. 살다 보면 또 비 그치고 해 떠. 괜찮아. 이제 다 잊고 홀가분하게 살아!"

엄마는 집안에 들어서자마자 한 번 앉지도 않고 짐을 풀었다. 미선 씨를 똑바로 쳐다보지도 않았다. 쳐다보면 엄마도 괜히 눈시울이 붉어지고 말 테니까. 괜찮다고 말하는 엄마도, 사실은 괜찮지 않을 테니까.

"이건 마늘, 이건 멸치, 이건 미숫가루. 입맛 없어도 아침

거르지 말고 미숫가루라도 타 먹고 일해. 그리고 이건 홍삼이야. 비싼 거니까 열심히 챙겨 먹고. 약도 내렸어. 내일이나 모레 택배로 올 거야. 염소 내린 거."

"뭐 그런 걸 내려. 먹기 싫다니까."

"먹기 싫은 게 어디 있어? 기력 찾는 데 좋아. 약이라고 생각하고 열심히 먹어. 엄마 성의를 봐서라도 아까운 거 내버리지 말고."

"제발 엄마나 좀 드시라니까."

엄마와 딸은 서로를 향해 원망인지 걱정인지 모를 말들을 끝없이 주고받았다. 마주 앉아 마늘을 까면서도, 멸치 똥을 따면서도, 나란히 앉아 칼국수를 후루룩후루룩 빨아들이면서도 타박과 걱정이 버무려진 찐득한 애증의 말들을 이었다. 울다가 웃다가 서로의 상처를 서툴게 감추었다.

"근데 엄마는 왜 나 안 말렸어? 내가 결혼한다고 했을 때 좀 말리지. 딴 집 엄마들은 딸들 좋은 데 시집보내려고 선도 보이고 연애도 못하게 말리고 죽자사자 결혼도 반대한다는데. 엄마는 욕심 없었어?"

"자식 이기는 부모 없어. 자식이 좋다는데 무슨 수로 말려? 내로라하는 집에 시집간다고 다 잘사는 것도 아니고. 내 형편이 여봐란 듯이 대단한 것도 아닌데 다 욕심이지. 내 눈에야 내 딸이니까 대단해 보여도 남들 보기에는 또 아닐 수도 있고. 부모 욕심이야 끝이 없지만 자식은 욕심만 가지고 키우는 거 아니더라. 나라고 뭐 너한테 기대가 없었겠어? 너 어릴 때부터 어디 데리고 나가면 예쁘고 똑똑하다고 다들 얼마나 칭찬했다고. 남들이 나더러 참 복도 많다고, 어쩜 이렇게 야무진 딸을 뒀냐고 부러워하면 그게 그렇게 행복했어. 밥 안 먹어도 뿌듯하고. 한창 사춘기에 아빠 돌아가시고 애가 영 마음을 못 잡고 방황하고 주눅도 들었겠지만. 그래도 어디 내놔도 빠지지 않았어. 나한테는 자랑스럽고 사랑스런 딸이었어. 정 서방도 그 집 부모한테는 그런 아들이었겠지. 세상 부모 마음, 다 똑같아. 내 자식 귀하면 남의 자식도 귀한 법인데 어떻게 내가 내 딸만 잘났다고 무작정 결혼을 반대하겠냐? 그리고 너 정 서방 처음 데리고 왔을 때 기억 안 나? 네가 얼마나 행복해 했는지 알기나 해?"

"내가 그랬어?"

"아주 눈에 콩깍지가 씌어가지고. 난 네가 그렇게 행복하게 웃는 얼굴을 처음 본 것 같아. 어렸을 때도 저렇게는 안 웃었던 것 같은데. 혼자 갸우뚱했지. 남자가 저리 좋을까. 배신감이 들어서 엄청 서운하더라고."

"크크. 내가 미쳤던 거야. 이렇게 될 줄도 모르고. 쯧쯧! 엄마는 딸이 정신 빠져 있으면 두들겨 패서라도 정신 들게 했어야지. 별 볼 일 없는 놈한테 빠져서 좋아라 하는데 엄마가 그걸 그냥 두면 돼?"

"야, 이 망할 것아. 이제 와서 또 엄마 탓이냐?"

"농담이야, 엄마. 내가 좋아서 선택한 거지. 내가 정 서방을 참 좋아했어. 너무 좋아했던 게 문제야. 그래서 빨리 결혼하고 싶었고, 결혼만 하면 행복하게 잘살 줄 알았어. 엄마 힘들게 사는 거 봤으면서도 나는 다를 줄 알고."

"철딱서니 없는 것 같으니라고. 사는 게 뜻대로 될 것 같으면 누가 인생을 고해라고 해? 됐어. 다 잊어. 그래도 정 서방은 괜찮은 사람이었어. 니들 사니 안 사니 할 때는 정 서방 원망도 많이 했지만 그래도 천성은 좋은 사람이야. 정 서방 만나 결혼한 거 후회하지 마. 그럴 필요는 없어. 애들한테도 끔찍했고, 너한테도 잘하고 싶어 했던 사람이야. 그거 의심하지는 마. 돈 때문에 시달리고 힘들지만 않았더라면 너희 부부 갈라서지 않았을 거야. 정 서방도 그렇게 되지 않았을 거고. 어디 사람이 죄겠어. 다 돈이 죄지. 돈이 죄야."

"아이고! 그만 합시다."

미선 씨는 코끝이 빨개지는 통에 얼른 말을 돌렸다. 연기처럼 손가락 사이로 빠져나가 버린 시간들이 가시가 되어 살갗을 찔렀다. 그리움인지, 후회인지 모를 통증이 되살아났다.

"엄마, 우리 같이 살까?"

미선 씨의 뜬금없는 제안에 엄마의 눈이 동그랗게 커졌다.

"왜? 아무래도 혼자 지내기 힘들어?"

"아니. 애들 아빠랑 이혼했을 때부터 생각했던 거예요. 엄마도 성훈이 나가 살면서 혼자 지내기 적적하실 텐데, 같이 살면 어떨까 하고."

"집에 잠깐 다녀가겠다는 것도 마다하는 딸년이 웬일이

래? 됐다. 난 혼자 지내는 게 세상 편해. 너랑 살아봤자 뒤치다 꺼리 힘들기나 하지."

"후후. 내가 엄마 부려 먹을까 봐 겁나는구나? 딸내미가 하나뿐인 엄마 호강은 못 시켜줄 망정 설마 부려먹을라고."

"네가 혼자서 애들 데리고 사는 게 정 힘들면 생각해 볼 게. 하지만 내 걱정 때문이라면 그런 생각 마. 난 괜찮아. 늙은 이랑 같이 살아봤자 애들도 그렇고 너도 그렇고 시시콜콜 잔소리 들어야 하고 귀찮기만 하지 뭐. 너랑 같이 살면서 매일 부딪히면 사이만 나빠질 게 뻔해. 부모 자식도 적당한 거리가 필요하다잖니? 나도 듣는 귀가 있다. 더 늙으면 어디 조용한 시골 같은 데 가서 혼자 살고 싶어."

"에이. 그러지 말고 그 조용한 시골 어딘지 몰라도 나랑 같이 갑시다, 엄마."

"속 시끄럽게 내가 널 왜 달고 가냐? 넌 네 새끼들하고 같이 살아."

"우리 집에서 같이 살자고 해도 싫다고 하시고, 조용한 시골에 같이 가서 살자고 해도 싫다고 하시고. 오늘 우리 엄마

엄청 도도하시네. 여러 번 까여, 내가. 흐흐."

　　미선 씨는 일부러 크게 웃어 보였다. 엄마는 미선 씨에게 짐이 되기 싫고, 미선 씨는 엄마에게 짐이 되기 싫었다. 마흔 언저리에 남편 보내고 혼자되어, 온갖 궂은일을 해가며 미선 씨와 남동생 성훈을 키워낸 엄마였다. 그 엄마는 일흔 가까이 되도록 여전히 남의 집 일을 다녔다. 단 한 순간도 한눈팔지 않고 달려왔으나, 안온하고 풍요로운 엄마의 노후는 아직 요원하다. 그래도 엄마는 누구에게도 꿀리지 않았다. 누구에게 피해 입힌 일 없었고, 아쉬운 소리 한 적 없었고, 자신의 책임을 남에게 떠넘긴 적 없었다. 그 자부심이 그녀를 꼿꼿이 세웠다. 미선 씨도 이제 남편 없이 혼자 남매를 키우며 살아가야 했다. 문득 미선 씨는 엄마를 닮고 싶다는 생각이 들었다. 엄마처럼 살고 싶지 않다는 바람을 가진 적도 많았으나, 이젠 아니었다. 누구든, 결과가 어떻든, 자신의 삶에 최선을 다한 사람은 당당하고 아름답다는 걸 미선 씨도 이제 안다. 다 큰 자식들의 흔들리는 인생을 지켜봐야 하는 것도 늙은 엄마의 몫이라 여겨, 엄마의 마음은 여전히 때때로 흔들리겠지만 그래도 엄마는 잘 해냈다. 이만하면 책임 완수를 잘 해낸 거다. 미선 씨는 엄마의 등이라도 쓸어 주려다 그만두었다. 엄마에게 위로와 보람은 어쩌면 입바른 칭찬이 아니라 자기 자신과 자식의 삶을 반추하며 얻어지는 것일지도 모르겠다는 생각이 들어서다. 아, 인생은 책임으로 사는 건가. 부모로서의 책임, 자식으로서의 책임. 사회적 책임. 마흔다섯의 미선 씨 어깨에는 책임의 무게가 묵직하게 내려앉았다. 그리고 책임이라는 단어는 매번 어떻게 살아야 하는가 라는 질문을 파생했다. 오락가락 흔들리는 삶에 대한 불안을 걷어내고 어떻게 살아야 하는가에 대한 답을 구하는 것. 마흔다섯 즈음이 되면 가능할 줄 알았다. 하지만 터무니없는 망상이었다. 온몸을 내던져 부딪치고 깨지며 바동거렸지만 미선 씨는 여전히 안개 자욱한 길 위에 서 있는 것만 같았다. 그 어떤 것도, 나이가 든다고 저절로 알아지는 것은 아니었다.

나이도 먹을 만큼 먹은 딸네 집에 와서까지 엄마는 허리 한 번 펴지 않고 일을 했다. 냉장고를 홀랑 뒤집어 닦고, 말라죽은 화분을 정리하고, 밑반찬을 만들고, 손이 벌게지도록 마늘을

까서 김치를 담갔다. 김치를 담그고 남은 마늘은 곱게 찧어 하나씩 요리할 때마다 넣어 먹으라며 사각 틀에 칸칸이 얼렸다.

"이래서 내가 엄마 오지 말라고 하는 거야."

"같이 살자고 할 때는 언제고? 암튼 이랬다 저랬다 변덕이 죽 끓듯 해. 다 재미고 행복이야. 나 좋아서 하는 거는!"

미선 씨는 엄마의 희생이 달갑지 않았다. 각별한 모성애도 벅차게 느껴졌다. 갚을 수 없는 빚을 지고 있다는 건 늘 발바닥을 땅에 못 박아두는 것만 같았다. 옴짝달싹할 수 없게 만들었다. 딸 민주가 결혼을 하고 아이를 낳으면 미선 씨도 그 아이를 돌봐 주고, 키워 주고, 김치를 해다 주며 아픈 어깨와 허리를 끌어안고 민주의 행복을 기원하며 늙어가게 될까? 여전히 노후는 불안한 채로 한 뼘씩 천천히 닳아가는 더딘 삶을 살게 될까? 태연하고 냉정하게 멀찍이 떨어져서 서로의 행복을 빌어줄 수 있다면 조금 더 행복할까? 미선 씨는 답을 낼 수 없는 질문을 던지느라 자꾸만 손이 굼떴다.

올 때는 양손 가득 무거운 장바구니를 들고 있던 엄마가 빈손으로 집을 나섰다.

"네가 아무리 오지 말래도 궁금하면 또 올 거야. 그러니까 전화 좀 자주 하고, 전화 좀 잘 받고, 오지 말라는 소리 좀 그만하고. 알았어? 애들이랑 밥 잘 챙겨 먹고."

엄마가 낡은 아파트의 긴 복도를 빠른 걸음으로 빠져나갔다. 미선 씨는 나오지 말라는 엄마의 말에도 아랑곳없이 총총걸음으로 뒤를 따랐다.

"엄마, 택시 타고 가."

미선 씨는 꼬깃꼬깃한 지폐 두 장을 엄마의 호주머니에 쑤셔 넣었다. 엄마는 한사코 마다하며 잽싸게 돌아섰다.

"공짜 전철 놔두고 택시는 무슨…. 야, 저기 마을버스 온다. 갈게."

비좁은 도로 사이로 마을버스가 힘겹게 다가왔다. 엄마는 미선 씨를 돌아보지도 않고 마을버스를 향해 뛰었다. 미선 씨는 엄마에게 돌려받은 돈을 손에 쥐고 흐릿한 가로등 아래 서서 엄마의 뒷모습을 오래도록 물끄러미 바라보았다. 부랴부랴 나오느라 신발도 제대로 못 챙겨 신고 슬리퍼를 끌고 나온 미선 씨는 발이 시려 발가락을 웅크렸다. 미선 씨의 마른 등도 찬바람에 둥그렇게 말렸다. 달아나듯 뛰어가는 엄마의 쓸쓸한 등처럼.

흐리고 가끔 봄비

추위는 지루하다. 꼼짝하기 싫은 추위가 닥치면 칙칙하고
무거운 색깔의 옷을 묵은 때가 반질반질 앉을 때까지 지루하
게 입는다. 외투 한 벌로 겨울을 나는 미선 씨다. 칭칭 아무렇
게나 돌려 감은 낡은 목도리 속에 놀란 거북이처럼 미선 씨는
목을 잔뜩 파묻는다. 목을 파묻고 어깨를 웅크리고 버스 정류
장으로, 지하철역으로, 마트로, 종종종 걸어 다닐 때 미선 씨의
몸은 초등학생마냥 작았다. 작아졌다. 그러나 거북이의 등껍질
을 닮은 미선 씨의 뒷모습은 쉽게 허물어지지 않을 만큼 단단
해 보였다. 가늘고 흰 목덜미는 속으로 꼭꼭 감추고 살아가느

라 도리어 단단해진 등껍질.

"엄마, 그 목도리 이제 버려. 올도 다 나가고 보풀도 심하고. 너무 없어 보여!"

딸 민주는 엄마가 벗어 놓은 목도리를 쳐다보며 인상을 찡그렸다.

"뭐 어때? 따뜻하면 됐지."

미선 씨는 심드렁하게 대꾸했다. 어디 버려야 할 게 목도리뿐이겠니. 꼬질꼬질한 묵은 살림살이들을 죄다 내다버리고 이 엄마도 심플해지고 싶단다. 산뜻해지고 싶단다. 미니멀 라이프가 유행이라는데, 이 엄마도 하얗고 보송보송하고 간결한 물건들 속에서 세련되고 싶단다. 그러나 미선 씨는 천 원짜리 플라스틱 바가지 하나도 버리지 못했다. 아이들이 어릴 적에 그렸던 서툰 그림 한 장, 꼬깃꼬깃한 쪽지 한 장 안 버리고 상자 가득가득 모아 놓는 미선 씨였다. 뭘 쉽게 버린다는 게 마치 쉽게 잊는 것 같아서, 쉽게 잊는다는 건 너무 쉬운 배신 같아서 미선 씨는 내키지가 않았다. 플라스틱 바가지 하나에도 오랜 세월 쌓은, 손때 묻은 정이 묻어나 애틋했다. 바가지랑 애틋? 참, 지랄도 다방면으로 출중하네. 미선 씨는 어이가 없어 혼자 피식 웃고 말았다. 못 버리는 것도 병이다, 병! 무른 마음을 도려내듯 내일 모레는 반드시 저 낡은 살림들과 옷가지들을 모조리 내버리고 정리하리라 굳은 결심을 했다.

"이 목도리도 이번 겨울만 하고 다닐게. 다 버리고 다음 겨울에는 새 거 살 거야."

"행여나! 그리고 이번 겨울은 어차피 다 끝났거든요? 엄마 혼자만 아직도 겨울이야. 당장 버려."

"난 아직도 추워. 추우면 겨울인 거지."

민주는 못 말린다는 듯이 고개를 절레절레 흔들며 자기 방으로 쏙 들어가 버렸다.

"겨울이 끝났어도 추위는 아직이야. 꽃샘추위가 얼마나 매섭다고."

미선 씨는 민주의 타박에도 아랑곳없이 바래고 낡고 투박한 목도리를 툭툭 털어 다시 옷걸이에 걸었다. 미선 씨의 계절은 거북이마냥 느릿느릿 느리게 왔고 떠듬떠듬 더디게 갔다. 특히 겨울은 미선 씨에게 가장 먼저 와서 오랫동안 머물다 가장 늦게 떠나곤 했다. 그러고 보니 부엌의 조그만 창문 틈으로 하얗게 목련꽃 봉오리가 움트기 시작한 게 보였다. 이미 봄은 시작된 것이다.

"자, 엄마. 이거."

다음날 밤늦게 귀가한 민주가 쇼핑백 하나를 쓱 내밀었다.

"뭔데?"

종이 쇼핑백에는 도톰하고 보드라운 목도리가 들어 있었다. 보기에도 사랑스러운 크림색 캐시미어 목도리였다.

"한겨울에는 더 두꺼운 털목도리 사줄 테니까 내일부터는 이거 두르고 다니세요. 이건 투박스럽지 않아서 지금 두르고 다니기에도 괜찮아."

민주는 미선 씨의 목에 목도리를 직접 매주었다.

"이거 비싼 거 아니야? 네가 돈이 어디 있다고?"

"쫌! 지난번에 할머니한테 받은 세뱃돈도 있고…. 나 부자야. 마음의 부자."

"야, 너나 나나 맨날 마음만 부자라서 어쩌면 좋냐?"

미선 씨는 민주의 말에 키득대면서도 조금 움찔했다. 이렇게 당장 엄마의 목도리를 바꿔 주고 싶을 만큼, 엄마의 모습이 민주 마음에 걸렸던 걸까. 창피했나. 초라해 보였을까. 그냥 편한 게 좋았을 뿐인데.

미선 씨는 민주에게 뭔가 변명을 하고 싶었으나 그냥 입을 다물었다. 무슨 말을 하려다 그만두는 것도 요즘 미선 씨의 버릇이었다. 잠깐만 생각해 보면 해야 할 말보다 하지 말아야 할 말이 훨씬 많기 때문이었다. 그래. 고마운 건 그냥 고마운 걸로 끝내자. 마음을 너무 깊게 들여다보려고 하지 말자. 뭐든 해주고 싶은 마음. 저나 나나 그게 전부일 테니까.

따뜻해진 날씨 탓에 밖에는 눈 대신 비가 촉촉이 내리고 있었다. 봄비였다. 땅속에 갇혀 있을 어린 싹들에게 이 비는 생명수. 살려고 애쓰는 모든 생명들에게 물은 얼마나 귀한가. 미선 씨는 창문을 열어 잠시 바깥공기를 마셨다. 비를 머금은 밤공기에서 봄이 톡톡 터져 나오는 것 같았다. 과즙에서 신선하고 향기로운 알갱이가 터지듯 입 안 가득 봄이 씹혔다. 또 하루를 살게 하는 힘이 밤공기 어딘가에 숨어 있다가 새록새록

피어올랐다. 미선 씨의 숨을 타고 봄이 전하는 생명수가 몸속으로 잔잔히 스며들었다. 매일매일 싸우고 짜증내고 성질내며 어두운 날들만 계속되는 듯해도 어쩌다 문득 고개를 들어 얼굴을 마주하면 가끔은 서로가 서로를 살게 하는 다정함으로 웃는다. 매일매일 춥고 흐려도 가끔 내리는 봄비는 언 눈을 녹이니까. 봄비만으로도 족하다. 그거면 됐다. 미선 씨는 한참동안 창문 앞에 서서 고개를 끄덕였다.

"근데 엄마. 이거 공짜 아니야. 내가 엄마한테 부탁할 거 있어."

"뭐? 그럼 그렇지! 너 일만 원짜리 사주고 이만 원 내놓으라고 그러지?"

"아니야. 그게 아니라 이제부터 엄마가 그리고 싶은 그림 그렸으면 좋겠어. 그게 내 부탁이야. 요즘 보니까 좋은 일러스트 플랫폼도 많아. 열심히 그려서 많은 사람들한테 엄마 그림 알렸으면 좋겠어."

"엄마 유명해지면 좋겠어?"

"아니. 꼭 유명해지길 바라는 게 아니라 자꾸 많은 사람들한테 알리고 인정받으면 엄마가 원하는 그림을 그릴 수 있는 기회들이 더 많아질 테니까."

"정말 그럴까? 아직 안 늦었을까?"

"그럼! 요즘 오래 사니까 엄마 지금부터 시작해도 몇 십 년은 할 수 있어. 뭐든 해, 엄마."

딸 민주는 거침없이 말했다. 미선 씨는 무언가를 새롭게 시작한다는 게 두렵기만 했다. 그러나 민주는 하나도 두려운 게 없어 보였다. 두려움에 갇혀 단념하는 게 습관이 되어 버린 미선 씨에게 민주는 짜릿한 펀치를 날렸다.

"늦었다는 생각도 핑계야."

"딸 무섭네. 목도리 하나에 요구가 너무 거창한 거 아니냐?"

"절실해야 꿈을 이룰 수 있대. 딸의 절실한 부탁이니까 엄마도 절실하게 들어줘."

"하여튼 넌 네가 엄마인 줄 아나 봐. 엄마가 딸의 꿈을 응원하는 거지. 무슨 딸이 엄마한테 꿈을 이루라고 부탁씩이나 하고 그러냐?"

"엄마. 누가 그러더라. 되고 싶은 것 말고 하고 싶은 걸 생각해 보라고. 아무것도 안 되더라도 그냥 하고 싶은 걸 하다 보면 뭐든 돼 있을지도 모르잖아."

옥신각신하면서도 미선 씨는 민주의 말이 귀에 꽂혔다. 절실하게 하고 싶은 게 뭐였나 떠올렸다. 되고 싶은 것 말고 하고 싶은 것. 마흔다섯에도 하고 싶은 게 있어야 한다. 하고 싶은 게 없는 삶은 물거품이다. 절실하게 하고 싶은 게 있어야 행복해질 수 있다. 마흔다섯이 아니라 여든다섯이라고 해도. 그건 이상한 게 아니라 당연한 거다. 다 잃었다고 생각한 순간에 밑바닥을 치고 다시 올라갈 수 있는 힘은 자신이 절실하게 하고 싶었던 것을 재발견하는 데서 나온다. 쫓기고 차이느라 놓친 꿈. 미선 씨는 그것을 되찾고 싶었다. 여태껏 되는 이유보다 안 되는 이유만 수만 가지씩 둘러댔다. 안 되는 이유가 수만 가지여도 해야 하는 단 한 가지 이유가 있다면 시작하는 게 옳다. 나이가 몇 살이든. 어떤 것도 핑계 삼지 말아야 한다. 새로운 시작은 늘 두려움이라는 관문 너머에 있다. 그걸 넘어가야 시작이 이루어진다.

"나도, 처음부터 다시 시작하고 싶어. 돌이킬 수 있을까?"

미선 씨는 나직한 목소리로 읊조리듯 말했다. 멀리서, 모르는 누군가라도 미선 씨에게 한마디만 해 주었으면 싶었다. 아직 늦지 않았다고, 처음부터 다시 시작할 수 있다고. 딸이 선물해 준 건 포근한 캐시미어 목도리였지만 미선 씨가 받은 건 낯선 시작이었다. 무엇을 이루지 못하더라도 하고 싶었던 걸 하나씩 시작하겠다는 마음가짐. 그것은 봄을 알리는 빗소리만큼 설레는 것이었다.

다시 뜨거운 여름이 온다면

　뜨거운 유월 오후의 공기에서는 단내가 났다. 달큰하고 끈적한 막대사탕을 입안 가득 문 것 같았다. 미선 씨는 초록이 한껏 물오른 창밖의 나뭇가지들을 보다가 문득 출판사 박 과장에게 전화를 걸었다.

　"목소리 듣고 싶어서! 잘 지내?"

　정경수의 기일이 다가올 즈음, 미선 씨는 갑자기 박 과장이 궁금했다. 인생은 타이밍이라는데, 우연히 그때 그 시각에 옆에 있어 주었던 사람. 오기로 했던 사람은 안 오고, 기다렸던 누군가는 스쳐 지나가고 어떤 기막힌 타이밍에 전혀 생각지도 못했던 사람이 내 곁에 다가와 주는 일. 인생은 그런 뜻밖의 순간에 벌어진 인연과 우연으로 전개된다. 미선 씨와 박 과장은 하필이면 둘이 함께 있던 그 타이밍에 정경수의 부고를 들었다는 이유로 더 각별해졌다.

"어. 거기 노스탤지어? 그래요. 알겠어요. 오늘은 내가 힐 안 신고 아주 편한 신발을 신고 나갈게."

처음에는 까마득하게만 느껴졌던 길. 어디가 어딘지 모르겠던 낯선 골목길. 그러나 이제 미선 씨는 눈이 밝다. 굳이 편의점에 들러 길을 물어보지 않아도 목적지를 분명히 알고 있다. 노스탤지어가 어딘지 알고 있기 때문에 동동거리며 조급해하지 않을 수 있고, 조금 더워도 견딜 수 있다. 더구나 편한 신발을 신고 있기 때문에 오래 걸어도 걷는 것 자체를 기꺼이 즐길 수 있을 만큼 여유도 생겼다. 그래. 꽤 많이 온 거야. 어느새 이만큼이나 왔잖아. 미선 씨는 뒤를 돌아보며 걸어온 길들을 구석구석 되짚었다. 처음 가는 길이라 더 멀게 느껴졌을 뿐이야. 이렇게 멀지 않은 곳이라는 걸 그땐 모르고. 사는 것도 그럴 거야. 처음 살아보니까 힘들어. 인생, 뭔지 모르고 가니까 힘든 거야. 미선 씨는 유난히 잎이 무성한 느티나무 아래서 잠시 정물처럼 가만히 앉아 있었다. 미선 씨는 종종 이렇게 아무것도 하지 않고 가만히 앉아 있을 때가 많다. 마음을 들여다보는 시간이라 이름 붙였다. 늘 마음을 돌볼 시간이 없었으니까. 조용히 마음을 들여다보는 것만으로도 무엇 때문에 출렁이고 있는지 가려내고 돌볼 수 있었다. 이겨내려고 어금니를 물수록 마음은 더 크게 요동쳤다. 그럴 땐 그저 가만히 시간이 지나가기를 기다리면 된다는 걸, 미선 씨는 이제 알겠다. 이제야 비로소 다른 사람의 시선을 겁낼 필요가 없는 나이에 닿은 것이고, 이제야 비로소 자기 자신을 편안하게 만날 수 있는 때가 온 것이다. 무언가를 이루고 무엇이 되기 위해 조급하게 채근하지 않아도 되는 나이에 이른 것이다. 여기까지 오느라 참 애썼고 바빴다. 미선 씨는 잠시 숨을 돌리며 생수 한 모금을 삼켰다.

여전한 모습으로 나타난 박 과장은 어떻게 살고 있냐고 미선 씨에게 물었다.

"애들하고 여전히 지지고 볶고 살지. 일하느라 바동바동거리고. 빚 안 지고 하루하루를 사는 게 목표고! 매일매일 틈틈이 내가 그리고 싶었던 그림들을 그려요. 진짜 하고 싶은 건 언제나 틈틈이 해야 하죠. 모든 시간은 먹고 사는 문제를 해결하는 데 할애해야 하니까. 단 한 번도 내가 하고 싶은 걸 마음대로 마음껏 할 수 있는 시간이 나에게 허락된 적은 없었거든요. 그래도 블로그에 열심히 그림들을 올렸더니 제법 관심 갖고 좋아해 주는 사람들이 있어서 은근 사는 재미를 느끼는 중이에요. 민주보다 서너 살 많은 젊은 또래들이 내 그림을 좋아해 줄 줄은 정말 몰랐거든. 소통이 이렇게 즐거운 거구나 처음 알았어요. 그런데 아직 두렵네. 많이 부족한 상태에서 이것저것 벌이다가 괜히 쪽팔리는 건 아닐까 싶어서."

"아무것도 안 하는 게 쪽팔린 거지요. 부딪히고 깨지더라도 뭐든 시작하는 건 쪽팔린 게 아니에요. 잘 해내실 거라 믿어요. 애들은 어때요? 잘 지내죠?"

"민주는 공부하기 힘들다고 맨날 징징대지. 아무리 열심히 해도 원하는 대학에 갈 수 있을지도 모르고 간다 해도 먹고 살 수 있을지 알 수 없는 시대니까. 그래도 학원 하나 안 다

니고 혼자 꾸역꾸역 하느라 애쓰지. 어떡해 뭐. 비싼 학원 보내
줄 형편은 안 되니까 할 수 없고. 그래도 자기가 하는 데까지
해보겠다니까 지켜봐야지. 민수는 특성화고를 가겠다고 해. 공
부에 흥미 없다고. 아직 딱히 뭐 하고 싶은 게 있는 것 같지는
않아. 하긴 열대여섯 살에 자기가 뭘 하고 싶은지 안다는 게
어렵지. 이 나이에도 잘 모르겠는데."

　　미선 씨와 박 과장은 서로의 이야기와 주변 이야기와 이
미 흘러가 버린 시간들에 대해 이야기를 나누었다. 점차 길어
지기 시작한 저녁 해가 노스탤지어를 붉게 물들이기 시작할
때까지 두 사람은 일어설 줄 몰랐다.

　　집으로 돌아오는 버스 안에서 미선 씨는 차창에 비친 자
신의 얼굴을 한참 바라보았다. 성글은 머리카락을 대충 묶고
미간에 진한 주름을 만들며 무표정하게 앉아 있는 마흔 중반
의 여자. 미선 씨는 자신의 얼굴에서 타인을 만났다.

　　세월이 이따금 나에게 묻는다.
　　사랑은 그 후 어떻게 되었느냐고.

미선 씨는 오래전 읽었던 류시화 시인의 〈물안개〉라는 시를 떠올렸다.

'이제 세월이 나에게 묻는다. 그럼 너는 무엇이 변했느냐고.'

변한 건 없다고, 아무것도 달라지지 않았다고, '두리번거리는 모든 것은 그대로'라고 미선 씨도 답했다. 변한 것이 있다면 육체뿐. 마음은 늙지 않는다. 다만 이제부터는 상황과 조건에 떠밀리지 않고 내 뜻대로 살겠다는 단단한 의지를 나약한 마음 위에 꽂았다. 미선 씨에게 변한 게 있다면 그게 다였다. 낡고 허접한 살림살이들을 말끔히 치우듯, 부질없고 쓸모없는 감정의 찌꺼기들을 모두 버리고 가벼워져야지. 이제는 나만 보며 살아야지. 누구에게도 빌붙지 않고 스스로를 먹여 살리며 그렇게 꼿꼿하게 늙어야지. 이제 겨우 반환점. 아직 살아야 할 날들이 까마득히 남았으니까. 화려하게 빛나지는 않아도 결코 남루하지 않은, 마흔다섯 살 미선 씨가 선명하게 새긴 다짐이었다.

버스는 어느새 은희가 일하는 감자탕 가게 앞을 지나고

있었다. 은희는 불빛이 환한 가게 안에서 바쁘게 움직이며 일하는 중이었다. 미선 씨는 덜컹거리는 버스 안에서 은희를 보며 손을 흔들었다. 너, 오늘도 또 수고 많았어. 그러나 미선 씨를 볼 수 없는 곳에 있는 은희는 아랑곳하지 않고 마냥 열심히 일만 했다. 계절은 점점 뜨거운 여름으로 향해 가는 중이었다.

마흔다섯 미선 씨

2018년 2월 05일 초판 1쇄 펴냄
2018년 3월 20일 초판 2쇄 펴냄

지은이　　윤이재
발행인　　김산환
책임편집　윤소영
디자인　　윤지영
영업 마케팅　정용범
펴낸곳　　꿈의지도
출력　　　태산아이
인쇄　　　다라니
종이　　　월드페이퍼

주소　　　경기도 파주시 경의로 1100, 604호
전화　　　070-7535-9416
팩스　　　031-947-1530
홈페이지　www.dreammap.co.kr
출판등록　2009년 10월 12일 제82호

979-11-87496-69-4-03810